ÜBER DIESES BUCH

Ein Meteor, aus reinem Gold, nähert sich der Erde. Ein Wettrennen aller Staaten und Mächte nach diesem Wertobjekt setzt ein. Privatgenie Zephyrin Xirdal aber hält den Trumpf in der Hand: er konstruiert einen Apparat, mit dem er den Meteor lenken kann. Und er lenkt ihn auf ein zuvor gekauftes Stückchen Grönland. Truppen rücken an, gelenkt von der Macht- und Goldgier ihrer Befehlshaber. Ein wahrer Gelehrter wie Xirdal aber hängt nicht am Goldstandard, und deshalb schafft er den tonnenschweren Zankapfel wieder aus der Welt.
Jules Verne ist nicht nur mit Genuß und Spaß zu lesen — er ist in dieser neuen Ausgabe auch literarisch wiederzuentdecken. Die von Stefan Reisner übersetzten und eingerichteten Texte dieses Bandes zeigen wieder die ganze erzählerische Frische und den klugen Witz Jules Vernes. Die Holzstich-Illustrationen stammen aus der ersten französischen Gesamtausgabe.

DER AUTOR

Jules Verne wurde 1828 in Nantes (Frankreich) geboren. Er studierte Jura, schrieb Theaterstücke und Operetten und brachte schließlich als 34jähriger seinen ersten Roman ›Fünf Wochen im Ballon‹ heraus, nachdem fünfzehn Verlage die Annahme des Manuskriptes abgelehnt hatten. Vernes triumphaler Erfolg begann. Er schrieb 98 Bücher, für die er die Stoffe auf Reisen und aus Zeitschriften und Büchern zusammentrug.
Nach der Bibel und den Werken Lenins und Tolstois sind Jules Vernes Bücher am häufigsten übersetzt worden. Verne starb 1905 in Amiens.

Jules Verne

Die Jagd nach dem Meteor

Roman

Fischer
Taschenbuch
Verlag

Fischer Taschenbuch Verlag
1.–22. Tausend: August 1970
23.–27. Tausend: August 1973
28.–35. Tausend: März 1974
Umschlagentwurf: Heinz Edelmann
Titel der französischen Originalausgabe: ›La Chasse au Météor‹
Neu übersetzt und eingerichtet von Stefan Reisner
Mit Holzstich-Illustrationen der ersten französischen Gesamtausgabe
im Verlag Hetzel, Paris
Fischer Taschenbuch Verlag GmbH, Frankfurt am Main
Lizenzausgabe mit freundlicher Genehmigung
des Verlages Bärmeier & Nikel, Frankfurt am Main

Gesamtherstellung: Hanseatische Druckanstalt GmbH, Hamburg
Printed in Germany
ISBN 3 436 01268 8

Die Jagd nach dem Meteor

»Zweifellos fallen Meteore herunter. Aber sie müssen nicht unbedingt auf Whaston stürzen«, schrieb der Whaston Evening

I

Am Vormittag des 12. März des ... nun, eines gewissen Jahres, konnten alle Bürger von Whaston – Staat Virginia, USA, rechtes Potomacufer –, die gerade durch die Exeterstreet kamen, einen eleganten Herrn durch die etwas abschüssige Straße langsam hin und her reiten sehen. Schließlich verhielt der Reiter auf dem Konstitutionsplatz in der Mitte der Stadt.

Der Mann war ein echter Yankee und vornehm-originell gekleidet. Er war sicher nicht älter als 30 Jahre, mittelgroß, hatte dunkle Haare, einen kastanienbraunen Bart. Ein weiter Mantel bedeckte ihn bis zu den Beinen und lag ausgebreitet auf dem Rücken des Pferdes. Es erübrigt sich zu sagen, daß er ein ausgezeichneter Reiter war. Warum kam dieser Gentleman ausgerechnet in eine Stadt, in der ihn niemand kannte, wo man ihn noch nie gesehen hatte? Wollte er längere Zeit bleiben? Die Wahl eines Hotels mußte ihm schwerfallen, denn Whaston war für seine Herbergen berühmt. Wohl in keinem anderen Teil der Staaten (vielleicht in keinem anderen Land) fand ein Reisender einen besseren Empfang, freundlichere Bedienung, nahrhaftere Verpflegung und mehr Komfort – alles zu sehr mäßigen Preisen. Es ist wirklich bedauerlich, daß die Landkarten die Lage einer mit solchen Vorzügen gesegneten Stadt nicht angeben! Aber der Fremde schien nicht den Wunsch zu haben, länger als nötig in Whaston zu bleiben. Das einladende Lächeln der Hoteliers machte auf ihn keinen Eindruck. Unaufmerksam, in Gedanken versunken, ließ er sein Pferd um den

Konstitutionsplatz trotten – ohne jede Ahnung, daß er damit die öffentliche Aufmerksamkeit auf sich zog.
In der Tat: Er erregte Aufsehen. Seit dem Auftauchen des fremden Reiters standen die Bürger und ihre Diener an den Haustüren.
»Von wo ist er denn gekommen?«
»Von der Exeterstreet.«
»Ja, aber woher, von außerhalb?«
»Er soll durch die Wilcox-Vorstadt geprescht sein.«
»Er scheint auf jemanden zu warten!«
»Er blickt immer die Exeterstreet hinauf!«
»Sie wird sicherlich gleich kommen.«
»Wieso eine ›Sie‹ – es kann doch auch ein ›Er‹ sein.«
»Er sieht wirklich chic aus.«
»Er hat vor dem Haus des Richters angehalten.«
»Er wird einen Prozeß haben.«
»Sein Gegner ist noch nicht eingetroffen.«
»Richter Proth wird beide wieder versöhnen.«
»Ja, der Richter versteht sein Handwerk.«
Wirklich: Der Fremde hatte sein Pferd vor der Tür John Proths pariert, stieg aber nicht aus dem Sattel. Er sah nur die Tür an, musterte die Fenster des Hauses, blieb ruhig sitzen und wartete offensichtlich darauf, daß jemand in der Tür erschien. Das stampfende Pferd zwang ihn schließlich weiterzureiten.
Als er wieder einmal vor dem Haus des Richters angekommen war, öffnete sich plötzlich die Haustür, und ein Mann erschien auf der kleinen Freitreppe.
Kaum hatte der Fremde ihn bemerkt, da tippte er schon an seinen Hut: »Mr. John Proth, wenn ich nicht irre?«
»Der bin ich!«
»Nur eine einfache Frage, auf die Sie bitte mit Ja oder Nein

antworten möchten. Ist heute früh jemand bei Ihnen gewesen, der nach Mr. Seth Stanfort gefragt hat?«

»Nein.«

»Danke bestens.«

Der Reiter tippte noch einmal an seinen Hut, ließ die Zügel locker und nahm seinen Kurs zurück in die Exeterstreet.

Nun gab es keinen Zweifel mehr: Irgend etwas hatte der Fremde mit John Proth zu tun. Aber: Waren die Angelegenheiten des Fremden damit schon erledigt? Würde er die Stadt sofort wieder verlassen?

Bekanntlich werden in Amerika derartige Rätsel mit Wetten belegt. So wurde auf die baldige Wiederkehr und auf das endgültige Verschwinden sofort gesetzt — Wetten um einen halben Dollar bis hinunter zu den 5 und 6 Cents der Minderbemittelten. Das Personal der Hotels wettete mit den auf dem Platz zusammengeströmten Neugierigen. Zweifellos würden diese Beträge später prompt gezahlt und von den Gewinnern schmunzelnd eingestrichen werden — es gab nur ehrliche Leute in Whaston. (Bis auf die unehrlichen.)

Der Richter John Proth schaute dem Reiter, der auf die Wilcox-Vorstadt zuritt, gleichmütig nach. Er war ein Philosoph, ein kluger Beamter, der, so könnte man sagen, schon 50 volle Jahre Klugheit und Weisheit in sich aufgestapelt trug, obwohl er selbst gerade erst ein halbes Jahrhundert alt war. Er war offenbar schon ein Weiser, als er das Licht der Welt erblickte.

Es muß hinzugefügt werden, daß er als ewiger Junggeselle — ein weiterer Beweis seiner Klugheit — nie Sorgen hatte, was, so muß der Leser zugeben, das Führen eines philosophischen Lebens wesentlich erleichtert. Auf jeden Fall wurde der Richter in ganz Whaston verehrt, bewundert, geliebt. Er war nachsichtig gegen die Schwächen, manchmal auch die

Fehler anderer Leute, und als seine wichtigste Pflicht sah er es an, in den Streitfällen, die man vor sein Gericht brachte, die Parteien zu versöhnen, einen Vergleich zu erwirken, alle Ecken und Kanten abzurunden, das Räderwerk zu ölen und die in jeder Gesellschaft unvermeidlichen Erschütterungen nach Möglichkeit zu mildern.

John Proth war wohlhabend. Eigentlich war er Richter nur aus Liebhaberei. Er genoß die Ruhe, stand früh auf, ging früh ins Bett. Einige ältere Bestseller lagen auf seinem Nachttisch, aber meistens las er die »Whaston News«, in der es mehr Anzeigen gab als politische Artikel. Jeden Tag machte er einen Spaziergang und mußte dann so viele Leute grüßen, daß sein Hut alle drei Monate abgenutzt war und durch einen neuen ersetzt werden mußte. Außerdem pflegte der Richter die Blumen in seinem Garten.

Aus alledem ergibt sich, daß der Richter von Natur aus zur Neugier nicht fähig war. Er hatte nicht einmal bemerkt, daß auf dem Platz vor seinem Haus eine Menschenmenge versammelt war. Er hatte sich nach der knappen Frage des Fremden wieder in seinen Garten zurückgezogen und begoß Rosen, Iris, Geranien und Reseden.

Der Reiter war inzwischen am Ende der Exeterstreet angekommen. Er zügelte sein Pferd und sah sich nach allen Seiten um. Von hier aus konnte er die Umgebung gut einen Kilometer weit überblicken. Die vielfach gewundene Straße bis zum Dorf Steel lag vor ihm. Aber er entdeckte nicht, was er suchte.

10 min verstrichen, dann wendete er das Pferd, und langsamen Schrittes ging es wieder in die Exeterstreet zum offenen Platz.

»Alles in allem ist das noch keine Verspätung. Ich war auf 10 h 7 min verabredet, und jetzt ist es erst 9 h 30 min. Die

Entfernung von Whaston nach Steel, woher sie kommen muß, ist genauso groß wie die von Whaston nach Brial, für die ich 20 min gebraucht habe. Die Straße ist gut, das Wetter trocken, kein Hochwasser. Eigentlich bin ich unpünktlich, denn ich bin zu früh gekommen.«

Unter diesen Gedanken war der Fremde wieder auf dem Platz angekommen. Alle, die auf das Wiedererscheinen des Fremden gewettet hatten, konnten also abkassieren und lächelten dem Reiter freundlich zu. Die Verlierer begrüßten ihn nur mit einem Achselzucken.

Die Rathausuhr schlug 10. Der Fremde zog seine Taschenuhr und zählte die Schläge mit. Es fehlten noch 7 min.

Seth Stanfort hatte das Pferd am Eingang der Exeterstreet angehalten. »Wenn sie um 10 h 7 min nicht hier ist, heirate ich überhaupt nicht!«

Im gleichen Augenblick war der Galopp eines Pferdes zu hören, das oben von der Straße herunterkam. Auf einem prächtigen Zelter saß sicher und graziös eine junge Frau. Seth Stanfort blickte beruhigt und lenkte sein Pferd wieder vor das Haus des Richters. Sekunden später sprengte auch die Reiterin auf den Platz, und ihr schaumbedecktes Pferd hielt zwei Schritte vor der Tür.

»Ich begrüße Miss Arcadia Walker!«

»Und ich Mister Seth Stanfort!« Miss Walker verbeugte sich leicht.

Selbstverständlich verloren die Eingeborenen, die immer näher herandrängten, das Paar nicht aus den Augen. Mr. Stanfort wollte gerade absteigen, um an der Tür zu klopfen, da öffnete sie sich schon, und Richter John Proth erschien, gefolgt von seiner Haushälterin Kate. Seth Stanfort blieb also im Sattel. »Mr. Proth, ich bin Seth Stanfort aus Boston, Massachusetts.«

»Ich bin erfreut, Ihre Bekanntschaft zu machen.«
»Und hier ist Miss Arcadia Walker aus Trenton, New Jersey.«
»Ich bin sehr geschmeichelt.«
An dieser Stelle muß zum besseren Verständnis eine kurze Beschreibung der jungen Dame eingeschoben werden:
Alter: 24 Jahre
Augen: blau, etwas hell
Haare: dunkel kastanienbraun
Teint: frisch
Zähne: tadellos, weiß, regelmäßig, ohne Karies
Größe: 176 cm
Haltung: gerade
Allgemeiner Eindruck: eine Dame, reich, etwas gelangweilt, viel gereist, gebildet und geschäftstüchtig.
Seth Stanfort, der neben Miss Walker stand, paßte gut zu ihr. Er war ebenfalls reich, hatte Europa bereist. Nein, es konnte kein Prozeß sein, der beide hier zusammenführte. Es war klar, daß die beiden ihre Lebenswege in Zukunft gemeinsam abwandern wollten. Nach Erledigung der gesetzlichen Formalitäten bei den zuständigen Behörden in Massachusetts und New Jersey wollten sie am 12. März – 10 h 7 min – den Bund fürs Leben schließen. »Seth Stanfort wünscht der Ehemann der Miss Arcadia Walker zu werden.«
»Miss Arcadia Walker wünscht die Ehefrau des Mr. Seth Stanfort zu sein.«
Der Richter verbeugte sich: »Ich stehe zu Ihrer Verfügung, wann wäre es Ihnen angenehm, die Trauung zu vollziehen?«
»Sofort!«
»Wir wollen Whaston sofort wieder verlassen.«

»Selbstverständlich gibt es keine Vorschrift, die Trauungen zu Pferde verbietet«, sagte der Richter

Der Richter trat zurück und wollte dem Paar den Weg in sein Haus freigeben.
»Ist es nötig, daß Miss Walker und ich vom Pferd absteigen?«
Der Richter dachte einen Augenblick nach. »Selbstverständlich nicht, es gibt keine Vorschrift, die Trauungen zu Pferde verbietet.«
Einen so hilfsbereiten Beamten wird man wohl selten finden!
»Gestatten Sie noch eine Frage: Sind alle notwendigen Formalitäten erledigt?«
»Ja.« Seth Stanfort reichte dem Richter zwei große Kuverts hinunter, in denen die Dokumente für die Heirat lagen. John Proth setzte sein goldenes Brillengestell auf und las die offiziellen, gestempelten Schreiben.
»Die Papiere sind in Ordnung.«
Niemand wird sich wundern, daß eine große Zahl aufmerksamer Zeitgenossen sich um die Pferde und ihre Reiter drängelte. Die Verlobten kümmerten sich allerdings nicht um sie.
Mit lauter Stimme sagte der Richter:
»Mr. Seth Stanfort, es ist also Ihr Wille, Miss Arcadia Walker zur Frau zu nehmen?
»Ja.«
»Miss Arcadia Walker, sind Sie ebenso gewillt, den Mr. Seth Stanfort zum Mann zu nehmen?
»Ja.«
Der Beamte sammelte seine Gedanken einige Sekunden, dann verkündete er mit betonter Würde:
»Im Namen des Gesetzes erkläre ich Sie, Mr. Seth Stanfort aus Boston, und Sie, Miss Arcadia Walker aus Trenton, hiermit für ehelich verbunden.«

Die beiden jungen Gatten ergriffen seine Hände und überreichten ihm gleichzeitig einen 500-Dollar-Schein.
»Ihr Honorar«, sagte Mr. Stanfort.
»Für die Armen der Stadt!« sagte Mrs. Stanfort.
Dann verbeugten sie sich, gaben den Pferden die Sporen und galoppierten in Richtung Wilcox davon.

2

»Was ist denn los mit Onkel Dean?«
»Das weiß ich auch nicht!«
Diese Worte wurden im Speisezimmer eines Hauses der Elizabethstreet in der schon genannten Stadt Whaston gewechselt.
Das Haus gehörte Mr. Dean Forsyth.
Mr. Dean Forsyth war 45 Jahre alt, was man ihm auch ansah. Ein mächtiger, auffallender Kopf, kleine Augen hinter einer Brille mit sehr scharfen Gläsern, leicht gewölbte Schultern, ein kräftiger Hals, der das ganze Jahr über in ein Tuch gewickelt war, ein weiter, faltiger Oberrock, eine weiche Weste, deren untere Knöpfe nie benutzt wurden, zu kurze Hosen, die nie bis auf die Schuhe reichten, eine Gesicht mit 1000 Falten, das wie bei fast allen Nordamerikanern in einem Spitzbart endete. Ein Mann, der leicht zornig wurde. Dies muß zur Beschreibung des Mr. Dean Forsyth hinreichen, über den sein Neffe Francis Gordon und seine Haushälterin Mitz am Morgen des 21. März sprachen.
Francis Gordon hatte seine Eltern früh verloren und war von Dean Forsyth erzogen worden. Obgleich er das Vermögen seines Onkels eines Tages einmal erben würde,

hatte er an der Harvard-Universität zuerst eine allgemeine Bildung erworben und dann die Rechte studiert. Jetzt fungierte er als Advokat in Whaston und war als der schlagfertigste Verteidiger der Witwen und Waisen im Umkreis von 4 km bekannt. Hübsch, elegant, eine Sportskanone, war er überall beliebt. Wie hätte er da nicht, frage ich Sie, sein Herz der reizenden Jenny Hudelson, der Tochter des Doktor Hudelson und dessen Frau, einer geborenen Flora Clarish, zuwenden sollen? Doch halt, noch ist es zu früh, die Aufmerksamkeit des Lesers auf diese junge Dame zu lenken. Jenny Hudelson wird bis zu ihrem Auftritt in dieser Erzählung noch im Schoß ihrer Familie zu warten haben. Allerdings nicht mehr lange.

Vorerst gehen wir streng logisch vor und lassen uns nicht zu epischen Seitensprüngen verleiten.

Francis Gordon wohnte also bei seinem Onkel, den er erst am Tag seiner Heirat mit Miss Hudelson verlassen wollte, in der Elizabethstreet – doch lassen wir Jenny Hudelson aus dem Spiel.

Für die beiden Junggesellen sorgte Mitz, eine treue Perle. Sie hatte nur den einen Fehler, so viel und so schnell zu reden – sie nahm Mr. Dean Forsyth gegenüber keinen Kiesel in den Mund –, daß niemand ihr zuhören konnte. Wir wollen es daher auch nicht tun! Mr. Forsyth jedenfalls ließ Mitz, wenn sie ihm eine Mahnrede hielt, einfach stehen und zog sich in sein Zimmer zurück, das er von innen fest verriegelte. Mr. Forsyth brauchte allerdings nie zu fürchten, hier allein zu sein. Er fand in seinem Zimmer stets noch eine Person, die sich gleichermaßen vor Mitz gerettet hatte. Diese Persönlichkeit hörte auf den Namen Omikron.

Dieser seltsame Name erklärt sich aus der geringen Körper-

größe seines Trägers. Einen stattlichen Omikron hätte man sicher Omega genannt.
Im Alter von 15 Jahren war Omikron 150 cm groß, zu mehr hatte es nie gereicht. Sein richtiger Name war Tom Wife, aber den hatte er in den 35 Jahren Dienst im Hause Forsyth selbst schon vergessen.
Omikron half Mr. Forsyth bei seiner Arbeit – einer Arbeit, für die beide eine große Leidenschaft empfanden.
Mr. Dean Forsyth arbeitete also?
Ja, aber nur an seinem Hobby, dies allerdings mit ungeheurer Zähigkeit, wie die Erzählung zeigen wird.
Womit beschäftigte sich Mr. Forsyth? Mit der Rechtswissenschaft? Mit der Philosophie? Dichtete er, oder hatte er eine Holzhandlung? Alles falsch!
Er beschäftigte sich mit der größten aller Wissenschaften: mit der Astronomie!
Er träumte nur von Planeten- und Sternentdeckungen. Nichts Irdisches interessierte ihn. Sein Geist lebte im unendlichen Weltraum. Da er dort aber weder ein Frühstück noch ein Abendessen bekam, mußte er wohl oder übel zweimal am Tag heruntersteigen. Und gerade heute ließ er auf sich warten.
»Will er denn überhaupt nicht kommen?« Mitz hatte den Tisch bereits gedeckt.
»Ist Omikron schon da?«
»Der ist natürlich auch oben. Ich habe wirklich nicht Beine genug, auf seinen Hühnerstall zu klettern.«
Der betreffende Hühnerstall war nichts weniger als ein Turm, der 2 m über das Dach emporragte. Es handelte sich, genauer gesagt, um eine Sternwarte.
Unter der oberen Galerie befand sich ein rundes Zimmer mit vier nach den Haupthimmelsrichtungen gerichteten Fenstern.

Im Innern standen mehrere Fernrohre und einige starke Teleskope. In diesem Zimmer verbrachten die beiden, einander ablösend, den größten Teil des Tages und der Nacht. Sie beobachteten die Zwischenräume der Sterne immer in der Hoffnung auf eine Entdeckung, die den Namen von Mr. Forsyth erhalten sollte. Bei klarem Himmel war das leicht. Cyrrhus-, Nimbus- und Cumuluswolken gab es hier – wo der 37. Breitengrad Virginia durchschneidet – jedoch genug. Gerade in diesen Tagen war die Geduld der beiden auf eine harte Probe gestellt worden: Seit mehreren Tagen blieb der Himmel zur Verzweiflung der Astronomen bedeckt.

Am Tag unserer Erzählung, dem 21. März, wehte ein scharfer Westwind über die Erde und jagte ein ganzes Meer von trostlos dunklen Wolken über den Himmel. »Wie schade! Und gerade heute habe ich so eine Ahnung, daß uns eine aufsehenerregende Entdeckung verlorengeht!«

»Das ist sogar wahrscheinlich, denn vor einigen Tagen bemerkte ich . . .«

»Und ich, ich habe es deutlich gesehen, Omikron!«

»Also, wir sahen.«

»Omikron, ich sah es zuerst!«

»Als Ihnen also die betreffende Erscheinung auffiel . . .«

»Ich erkläre mit Bestimmtheit, daß es sich um einen von Norden nach Süden ziehenden Meteor handelte.«

»Richtig, Dr. Dean, perpendikulär zur Bahn der Sonne!«

»Zu ihrer gedachten Bahn, Omikron!«

»Das war am 16. um 7 h 37′ und 20″, wie ich auf unserer Normaluhr festzustellen die Ehre hatte!«

»Und seither: Wolken, Wolken, Wolken.« Mr. Forsyth stampfte mit dem Fuß auf.

»So etwas kann nur uns passieren.«

Was hatten nun, werden Sie fragen, Mr. Forsyth und Omi-

»Wolken, Wolken, Wolken! Und kein Meteor zu sehen.« Mr. Forsyth stampfte mit dem Fuß auf

kron am 16. März gesehen oder zu sehen geglaubt? Eine runde Feuerkugel, die sich mit großer Geschwindigkeit genau von Norden nach Süden bewegte und einen hellen Glanz verbreitete.
Würde die Feuerkugel nach dem Horizont von Whaston zurückkehren? Würde man ihre Bahn, ihre Masse, ihr Gewicht berechnen können? Würde Dean Forsyth, der den Weltenwanderer so kurz nur gesehen hatte, dennoch auserwählt sein, seinen Namen an diese Entdeckung zu heften? Oder würde diese Ehre einem anderen Astronomen, einem Gelehrten der Alten oder der Neuen Welt, zufallen, einem Berufsastronomen – einem dieser Fachidioten, auf die Mr. Forsyth so gerne schimpfte?
Den ganzen Morgen waren beide nicht vom nördlichen Fenster gewichen. Dean Forsyth ließ seinen Blick über den weiten Horizont streifen, der von dem unregelmäßigen Profil der Hügel von Serbor begrenzt und nun von jagenden hellgrauen Wolken verwischt wurde.
Eben klopfte es an der Tür.
Dean Forsyth und Omikron hörten es nicht.
Die Tür öffnete sich, und Francis Gordon trat herein. Er näherte sich seinem Onkel und berührte leicht seine Schulter.
Mr. Dean Forsyth warf seinem Neffen einen Blick zu, als käme er gerade vom Sirius.
»Was ist denn los?«
»Das Frühstück wartet.«
»Aha, das Frühstück wartet. Wir beide warten hier oben ebenfalls.«
»Wir warten auf die Sonne.«
»Lieber Onkel, du hast die Sonne doch nicht zum Frühstück eingeladen, und so können wir uns auch ohne sie an den Tisch setzen.«

»Die Sonne!« jubelte Mr. Forsyth und stürmte die Treppe hinauf

Was war darauf zu antworten? Sollte Mr. Forsyth das Frühstück erst am Abend einnehmen?

»Mitz ist bereits ungeduldig!«

Sofort wurde Mr. Forsyth der Ernst der Lage bewußt. »Wie spät ist es denn?«

»11 h 46 min.« Gewöhnlich wurde um 11 h gegessen. Ohne weiter zu reden, kletterte Mr. Forsyth die Treppe hinunter, während Omikron oben zurückblieb, um die Wiederkehr der Sonne nicht zu verfehlen.

Das Frühstück begann. Die Münder der drei öffneten sich nur, um zu essen. Selbst Mitz, die sonst, wenn sie die Teller wechselte, Vorträge hielt, gab heute keinen Ton von sich. Das war ein schlimmes Zeichen!

»Hast du heute eine astronomische Entdeckung in Aussicht?« fragte schließlich Francis Gordon, den das Schweigen störte.

»Ich glaube ja, Francis.«

»Eine astronomische Entdeckung! Daß ich nicht lache!« rief die Haushälterin voller Entrüstung, lachte höhnisch und klapperte mit den Tellern.

Mr. Forsyth beugte sich über sein Frühstück, war aber so zerstreut, daß er manchmal sein Glas für seinen Teller hielt und umgekehrt.

Da ließ sich die Stimme Omikrons vernehmen.

»Mr. Forsyth, Mr. Forsyth!«

»Da gibt es etwas Neues.« Mr. Forsyth stieß hastig seinen Stuhl zurück und eilte auf die Tür zu.

»Die Sonne!« jubelte er, als er die Treppe hinaufstürmte.

»Und das Frühstück, Himmelwolkenbruch!« rief Mitz. »Na, ich muß es wohl selber essen, so wahr mir Gott helfe.«

Atemlos betrat Mr. Forsyth sein Observatorium. Es war jetzt ein südwestlicher Wind aufgesprungen, der die Wolken mehr nach Osten trieb. Eine große Fläche Himmel war wolkenlos.

»Die Sonne ist da, aber nicht für lange. Von Westen ziehen neue Wolken heran.«

»Da ist keine Minute zu verlieren.«

Etwa 40 min saßen beide, eifrig beschäftigt, vor ihren Instrumenten. Unermüdlich und mit fieberhafter Hast drehten sie an den Stellschrauben.

Die Feuerkugel ließ sich jedoch am Horizont von Whaston nicht blicken! Kein leuchtendes Pünktchen, keine Spur von einem Asteroiden.

»Nichts!« stammelte Mr. Dean.

»Nichts!« kam es als Echo von Omikron.

Zu weiteren Beobachtungen war es jetzt zu spät. Heranziehende Wolken hatten den Himmel aufs neue bedeckt. Sie bildeten nur noch eine einzige schmutzige Masse und hüllten alles in einen feinen Regen.

»Und doch: Wir haben ihn gesehen!«

»Ich bin ganz sicher, daß ich ihn gesehen habe. Hoffentlich bin ich der einzige gewesen! Es fehlte nur noch, daß er ihn ebenfalls entdeckt hätte . . . er . . . dieser Sydney Hudelson.«

3

»Wenn ihn der Intrigant, der Forsyth, nur nicht auch bemerkt! Nur der nicht!« So sprach am Morgen des 21. März der Doktor Sydney Hudelson in der Einsamkeit seines Arbeitszimmers. Der Mann war eigentlich Arzt. Und wenn er in Whaston nicht tätig war, dann nur, weil er sich schwierigeren Problemen widmete. Er war ein Freund von Forsyth und gleichzeitig sein Rivale. Ganz wie sein Freund scheute er keine Mühe, die astronomischen Rätsel des Universums zu entziffern.

Doktor Hudelson besaß ein hübsches Vermögen, das zur Hälfte von Mrs. Hudelson – einer geborenen Clarish – stammte. Es genügte, die Zukunft des Ehepaares und der beiden 18- und 14jährigen Töchter zu sichern. Auf des Doktors Haupt, so würde ein älterer Dichter sagen, schimmerte bereits der Schnee von 47 Wintern. Ein schönes Bild, nur insofern unpassend, als Doktor Hudelson so kahl war, daß kein Friseur der Welt an ihm verdienen konnte.

Die unausgesprochen bestehende astronomische Rivalität zwischen Sydney Hudelson und Dean Forsyth störte manchmal auch das freundschaftliche Verhältnis zwischen beiden Familien. Nein, die beiden stritten nicht um diesen oder jenen Planeten oder Fixstern, denn die Gestirne sind – da ihre Entdecker meist unbekannt bleiben – sozusagen Gemeingut der Menschheit, aber es kam vor, daß ihre astronomischen Beobachtungen zum Gegenstand von Diskussionen wurden, die manchmal sogar in Streitereien ausarteten.

Zum Glück gab es keine Mrs. Forsyth, die derartige Streitfälle nur hätte verschlimmern können. Der Amateurastronom hatte nie daran gedacht zu heiraten. Andererseits gab es eine Mrs. Flora Hudelson. Das war aber eine vortreffliche Frau, eine friedliche Natur. Sie fand es ganz normal, daß ihr Mann sich mit der Astronomie beschäftigte. Was hätte er sonst tun sollen? Sie schimpfte nicht, wenn er das Essen stehenließ, und respektierte seine Zugeknöpftheit, wenn er in Gedanken war.

Kurz, das war eine Frau, wie wir sie allen Männern wünschen, besonders den Astronomen. Leider gibt es solche Musterfrauen gewöhnlich nur in Romanen.

Die Tochter Jenny allerdings schien der Mutter gleichzukommen. Offenbar war Francis Gordon – der zukünftige Ehemann Jenny Hudelsons – bald einer der glücklichsten Ehemänner unter der Sonne Whastons. Ohne die amerikanische Damenwelt herabsetzen zu wollen, müssen wir doch sagen, daß es Mühe kosten würde, in den ganzen USA ein reizenderes Mädchen zu finden. Sie war eine Blondine mit blauen Augen, kleinen Füßen, schlank und elegant, musikalisch und tierlieb, reformiert und wohlhabend.

Francis Gordon brauchte also nur auf die Hochzeit zu warten, die in Saint-Andrew, der Hauptkirche der glücklichen Stadt Whaston, von Reverend O'Garth vollzogen werden sollte.

Jenny, ihre Mutter und ihre Schwester Loo hofften, daß die Heirat mit Francis Gordon die Rivalität zwischen den beiden Astronomen etwas abschwächen würde, ja, daß sie zu guter Letzt vielleicht zusammenarbeiten könnten.

Das Haus des Dr. Hudelson gehörte zu den stattlichsten in Whaston. Das Wohnhaus, umgeben von alten Bäumen und grünen Rasenflächen, lag fast in der Mitte der Morrisstreet. Es bestand aus einem Erdgeschoß und einem Obergeschoß mit sieben Fenstern. An der linken Seite des Daches ragte ein etwa 20 m hoher Turm mit Aussichtsterrasse empor. An einer Flaggenstange wurde an Sonntagen das Banner mit den 43 Sternen der Vereinigten Staaten von Nordamerika gehißt. Im obersten Zimmer des Turmes standen die Instrumente, die der Doktor in warmen Nächten auf die Terrasse trug. Hier holte sich der Doktor oft eine ordentliche Grippe.

Von diesem Observatorium in der Morrisstreet konnte man den Turm des Hauses in der Elizabethstreet bequem sehen, denn die Entfernung betrug nur 750 m. Es wäre leicht gewesen, zwischen den beiden Häusern eine telegrafische oder telefonische Verbindung herzustellen – den beiden Verlob-

Jenny Hudelson war schlank und elegant,
musikalisch und tierlieb, reformiert und wohlhabend

ten zumindest hätte das Spaß gemacht. Heute hatte Doktor Hudelson bereits vier Stunden den Himmel beobachtet, bevor er das Frühstück versäumte. Er war nur kurz heruntergestiegen und – ganz wie Forsyth – schnell wieder zurück in sein Zimmer geklettert. Doch heute mußte er unbedingt um 16 h ein wichtiges Gespräch mit seiner Familie führen. Heute sollte der Termin für die Hochzeit festgelegt werden.

Francis Gordon war bereits eine halbe Stunde zu früh gekommen.

»Und wo bleibt Mr. Forsyth?«

Er kam eine halbe Stunde zu spät.

»Ich habe wahnsinnig viel zu tun, ich stehe am Vorabend einer hochwichtigen Entdeckung!« sagte er, als er endlich in der Tür stand und Mrs. Hudelson umarmte.

»Dann geht es Ihnen wie meinem Mann!«

»Was sagen Sie da? Sollte der Doktor . . .«

In diesem Augenblick erschien Dr. Sydney Hudelson im Zimmer, mit sehr ernstem Gesicht, müden Augen und rotem Kopf, als bekäme er bald einen Schlaganfall.

Mr. D. Forsyth und Mr. S. Hudelson wechselten einen leichten Händedruck und versuchten mit verstohlenen Blicken ihre gegenseitigen Gedanken zu erraten.

Von der Astronomie sollte heute aber nicht die Rede sein. So hatten die beiden nichts dagegen einzuwenden, die Hochzeit am 15. Mai stattfinden zu lassen.

»Bis dahin wird mein Kleid fertig sein.«

4

An den Herrn Direktor der Sternwarte
in Pittsburg (Pennsylvanien)
Einschreiben, Eilbrief!

Whaston, am 24. März ...

Geehrter Herr Direktor!

Ich erlaube mir, Ihnen folgende Tatsache, die für die astronomische Wissenschaft von großem Interesse sein dürfte, zu unterbreiten: Am Vormittag des 16. März d. J. habe ich einen Meteor entdeckt, der mit beträchtlicher Geschwindigkeit über die nördliche Hälfte des Himmels zog. Seine nordsüdliche Bahn bildete mit dem Meridian einen Winkel von 3° 31′, den wir genau messen konnten. Der Meteor wurde um 7 h 37′ 7″ sichtbar und verschwand um 7 h 37′ 27″. Seither konnte ich ihn – trotz eifrigster Beobachtung – nicht wiederfinden.

Ich bitte Sie, von dieser Entdeckung Notiz zu nehmen und mir den Empfang des vorliegenden Briefes zu quittieren, damit mir die Priorität dieser wertvollen Entdeckung gesichert wird. Gestatten Sie, werter Herr Direktor, die Versicherung meiner großen Hochachtung, mit der ich unterzeichne als der Ihnen ergebene

Dean Forsyth
(Elizabethstreet)

Dem Direktor der Sternwarte von Cincinnati (Ohio)

Whaston, am 24. März ...

Betr. Meine Entdeckung

Am Morgen des 16. März a. c. zwischen 7 h 37′ 20″ und 7 h 37′ 27″ hatte ich das Glück, einen neuen Meteor zu entdecken, der über die Nordhälfte des Himmels zog – von

Nord nach Süd –, wobei seine gedachte Richtung einen Winkel von 3° 31′ zeigte. Seit dem genannten Termin habe ich betr. Meteor nicht mehr beobachten können.
Zweifellos dürfte ich als der Entdecker dieser Erscheinung zu bezeichnen sein, die in die Annalen unserer Zeit eingehen wird. Im Hinblick hierauf habe ich mir erlaubt, Ihnen dieses Schreiben zu übersenden, mit der Bitte, mir dessen Empfang schnellstens zu bescheinigen. Rückporto liegt bei.
Mit kollegialen und hochachtungsvollen Grüßen,

Ihr Dr. Sydney Hudelson
17, Morrisstreet.

5

Auf diese beiden Briefe schickten die Sternwarten von Pittsburg und Cincinnati unabhängig voneinander ein Schreiben, in dem sie den Eingang bestätigten. Die Briefe seien zu den Akten genommen worden, hieß es.
Mehr wollten die Amateurastronomen gar nicht. Sie waren sicher, den Meteor noch einmal zu sehen und seine Koordinaten besser bestimmen zu können.
Wer war nun der Entdecker?
Der weise Salomo könnte über diese Frage in Verlegenheit geraten. Die beiden Verlobten ahnten gar nicht, welches Unheil ihnen drohte – denn daß die beiden sich um die Ehre der Entdeckung streiten würden, war klar. Die Familie jedoch kümmerte sich jetzt um die Hochzeit. Einladungen mußten geschrieben, Bankkonten angelegt und Mietverträge unterschrieben werden. Man fand ein freundliches Haus in der Lambethstreet – die beiden Astronomen allerdings beteiligten sich nicht an diesen Vorbereitungen. Sie verloren

Mr. Forsyth meldete seine Entdeckung der Sternwarte in Pittsburg

nicht eine Stunde, saßen Tage und Nächte hinter ihren Fernrohren. Dabei hätten sie ruhig schlafen können, denn die beiden Sternwarten von Pittsburg und Cincinnati wachten bestimmt. Und sie verfügten über viel größere Teleskope. Mr. Hudelson und Mr. Forsyth waren jedoch keine Philosophen, sie waren ehrgeizig, und an ihren Herzen nagte die Eifersucht. Seit einiger Zeit besuchten sie einander nicht mehr, was natürlich so kurz vor einer Hochzeit sehr peinlich war. Zuerst wußte die Familie nicht, warum die beiden eigentlich so seltsam und mißtrauisch geworden waren, dann kam durch eine Indiskretion Omikrons heraus, daß Forsyth einen Meteor entdeckt hatte und ängstlich war, Hudelson könne davon erfahren.

»Hoffentlich ist bei der Hochzeit schlechtes Wetter, damit die beiden ihre Arbeit liegenlassen!«

Zur großen Enttäuschung aller änderten sich jedoch nach einigen Tagen die Witterungsverhältnisse, und die zwei Astronomen gingen sofort wieder daran, den Himmel abzusuchen.

Zog jetzt der Meteor über sie hinweg?

Nein, man sah es an ihrer gleichmäßig schlechten Laune. Sollte der Meteor auf Nimmerwiedersehen verschwunden sein?

Eine kleine Meldung in der Zeitung vom 19. April beantwortete diese Frage:

Boston, 19. 4.

Vorgestern, am Abend des 17. April, hat sich um 9 h und 19 min 9 sec eine Feuerkugel von ungewöhnlicher Größe gezeigt, die über den westlichen Teil des Himmels mit ungeheurer Schnelligkeit hinflog.

Ein merkwürdiger Umstand dabei ist, daß dieser Meteor am 16. März von zwei Bürgern der Stadt Whaston (Virginia)

Mr. Hudelson schrieb der Sternwarte von Cincinnati einen nahezu gleichlautenden Brief

gleichzeitig und unabhängig voneinander entdeckt worden zu sein scheint. Dies teilten die Sprecher der Sternwarten von Pittsburg und Cincinnati mit. Die beiden Entdecker, Dean Forsyth und Dr. Sydney Hudelson, gehören zu den angesehensten Bürgern von Whaston.

6

Wenn jemals eine Republik auf einen ihr zugehörigen Staat stolz sein kann, dann die Vereinigten Staaten auf Virginia. Wenn einer der 43 Staaten auf seine Hauptstadt stolz sein kann, dann Virginia auf seine Hauptstadt Richmond. Wenn je eine Hauptstadt auf eine andere Stadt stolz war, dann Richmond auf Whaston, jenen Ort, der in den astronomischen Annalen des Jahrhunderts einen hervorragenden Platz einnehmen sollte. Das war wenigstens die einstimmige Überzeugung der Bürger von Whaston.
Natürlich veröffentlichten die Zeitungen enthusiastische Artikel über Dean Forsyth und Sydney Hudelson. Und die Wirkung dieser hymnischen Artikel blieb nicht lange aus. Seit dem Tag der Zeitungsmeldung drängte sich die Bevölkerung geräuschvoll und erregt nach den Häusern in der Elizabeth- und der Morrisstreet. Niemand wußte natürlich von der Rivalität zwischen den beiden Gefeierten. Für alle blieben beide Namen bis in fernste Zeiten unzertrennlich, so daß die Geschichtsschreiber der Zukunft vielleicht glauben mochten, sie gehörten ein und demselben Mann.
Alle Augenblicke mußte Dean Forsyth auf seinem Turm, mußte Sydney Hudelson auf seiner Terrasse erscheinen, um für die dröhnenden Hurras der Menge zu danken. Ein scharfblickender Beobachter hätte jedoch bemerkt, daß ihre

Alle Augenblicke mußten sich die konkurrierenden Entdecker den jubelnden Ovationen der Menge stellen

Haltung keine ungemischte Freude ausdrückte. Verstohlene Blicke gingen zwischen Turm und Terrasse hin und her. Jeder sah den anderen auf die Jubelrufe antworten und fand die ihm selbst dargebrachten weniger harmonisch als die für den Rivalen.

In Wirklichkeit glichen die Huldigungen einander selbstverständlich vollkommen.

Was sagten nun aber Francis Gordon und Mitz, Mrs. Hudelson, Jenny und Loo zu dieser Entwicklung? Befürchteten sie unangenehme Folgen? Was bisher ein Geheimnis gewesen war, wußte nun alle Welt, die Rivalität zwischen Mr. Forsyth und Mr. Hudelson war jetzt fast schon offiziell. Die Gefühle von Mrs. Hudelson kann der Leser sich leicht vorstellen.

Während Dr. Hudelson auf die Plattform seines Observatoriums geeilt war, hatten sie und Jenny sich gehütet, auf dem Balkon zu erscheinen. Beklommen hatten sie die Kundgebung, gut verborgen hinter den Gardinen, mit angesehen. Sie schien ihnen nichts Gutes zu versprechen. Denn wenn die Volksmenge endgültig für einen der beiden Partei ergreifen würde, wenn die beiden sich um den Meteor öffentlich stritten — zweifellos würde die Liebe zwischen Jenny und Francis bald der von Romeo und Julia gleichen. Am liebsten hätten sie also das Fenster geöffnet und einen Eimer Wasser hinausgeschüttet.

Ähnlich war die Stimmung in der Elizabethstreet. Auch Francis Gordon hätte das begeisterte Volk gern zur Hölle gejagt. Und Mitz, die Haushälterin, wünschte, der Meteor möge allen Schreihälsen auf die Köpfe fallen. Was war schon Besonderes an diesem Meteor? Nützte er etwa jemandem? Und gab es nicht jeden Tag Tausende solcher Feuerkugeln — ach was, es fallen sogar jede Nacht 600 000 000 Meteore in die Erdatmosphäre.

Daher schrieb der *Punch*, das satirische Blatt Whastons: *Eine Feuerkugel am Himmel zu entdecken, ist etwas weniger schwer, als ein Weizenkorn in einem Kleefeld zu finden. Unsere beiden Astronomen haben also gar keinen Grund, sich auf das hohe Roß zu setzen.*

Der *Punch* – kein sehr seriöses Blatt – stand mit seiner Meinung allerdings allein.

Der *Whaston Standard* jedenfalls berichtete auf vier ganzen Zeitungsseiten über das Ereignis, und wir können aus dem Artikel nur einen kurzen Abschnitt zitieren:

Kepler glaubte, daß die Feuerkugeln von den Aushauchungen der Erde herrühren. Wahrscheinlicher ist, daß diese Körper nichts anderes als Aerolithen sind. Seit den Tagen von Plutarch betrachtet man sie als mineralische Massen, die auf die Erde stürzen, wenn sie in ihre Anziehungskraft geraten. Das Studium der Feuerkugeln hat uns gezeigt, daß ihre Substanz keineswegs von der der uns bekannten Mineralien verschieden ist.

Der *Daily Whaston* ging noch weiter in die Geschichte zurück und berichtete auf fünf ganzen Seiten. Es hieß da: *Erwähnt Diogenes von Appollonia nicht einen hellglühenden Stein, so groß wie ein Mühlstein, dessen Niederschlagen bei Ägos Potamos die Bewohner Thraziens furchtbar erschreckte? Wenn ein ähnlicher Himmelskörper auf den Turm der Saint-Andrews-Kirche niederstürzte, würde er ihn bis auf die Grundmauern zerstören. Wir fragen: Hat die Kirchenverwaltung bereits Vorsorge getroffen?*

Die *Whaston News* erinnerten ihre Leser an die Feuerkugel, die 1254, doppelt so groß wie der Vollmond, nacheinander in Hurworth, Darlington, Durham und in Dundee (letzteres bekannt durch eine gute Marmelade – für welchen Hinweis der Redakteur bezahlt wurde!) gesehen worden war.

Und der *Whaston Evening* und der *Whaston Morning* wetteiferten darin, immer größere Katastrophen zu schildern, die durch herabfallende Meteore ausgelöst wurden.
Die Bevölkerung Whastons erschrak beim Lesen dieser Artikel außerordentlich. Wenn der Meteor bereits im Zenit von Whaston gesehen worden war, mußte die Stadt an seiner Bahn liegen, mußte er also wiederkommen.
Und wenn er nun gerade über der Stadt in seinem Flug aufgehalten würde, dann mußte Whaston mit einer unvorstellbaren Gewalt getroffen werden. Das würde allen Bewohnern Whastons klarmachen, daß sich mit den Fallgesetzen nicht spaßen ließ! Die Tageszeitungen brachten vorsorglich jede Menge mathematischer Formeln.
Die Sorge verbreitete sich schnell. Die Frauen träumten von nichts anderem mehr als von zertrümmerten Kirchen und atomisierten Häusern. Die Männer standen Tag und Nacht auf dem Konstitutionsplatz und berieten, was im Notstandsfall zu tun sei.
Eine Zeitung widerstand jedoch der allgemeinen Hysterie. Der *Punch* schrieb:
In was haben sich da diese Herren Forsyth und Hudelson eingelassen? Konnten sie den Himmel nicht in Ruhe lassen? Die Himmelskörper lieben es nicht, aus der Nähe angestarrt zu werden. Ja, unsere Stadt ist in Gefahr, und keiner ist mehr sicher. Man versichert sich zwar gegen Hagel und Wasser, Diebe und Zahnausfall, aber gegen Meteore gibt es keinen Schutz. Und dieser Meteor ist so groß wie die Zitadelle von Whaston (woher wußte das der *Punch?*), *und wenn er im Niederfallen explodiert – was bei Meteoren häufig vorkommt –, wird die ganze Stadt bombardiert. Rette sich also, wer kann! Warum in aller Welt sind die Herren Forsyth und Hudelson nicht ruhig in ihrer Woh-*

Die Frauen träumten von zertrümmerten Kirchen und atomisierten Häusern. Die Männer standen auf dem Konstitutionsplatz und berieten den Notstandsfall

nung geblieben, statt nach Meteoren zu suchen? Wenn Whaston zerstört, dem Erdboden gleichgemacht oder durch Feuer vernichtet wird, wird man sich an diese beiden Herren zu halten haben! Wir sagen jedenfalls: Die Erfindung eines neuen leckeren Gerichts hat für die Menschheit mehr Wert als die Entdeckung eines neuen Sterns.

7

Was antworteten nun Mr. D. Forsyth und Mr. S. Hudelson auf diese journalistischen Attacken? Gar nichts – sie hatten den Artikel des respektlosen Blattes nämlich überhaupt nicht gelesen. »Unangenehme Dinge, die man über uns sagen könnte, unbeachtet zu lassen, ist noch das beste Mittel, nicht darunter zu leiden.« (Soweit der kluge de la Palisse.)

Die beiden Astronomen ärgerten sich vielmehr mit der Frage herum: Wer war nun der Entdecker des Meteors? Seit der Mitteilung der Sternwarte von Boston war es vor aller Öffentlichkeit festgestellt, daß die Ehre beiden zukam. Würde jeder von ihnen auf die Priorität dieser Entdeckung Anspruch erheben? Würden sie sich auf einen öffentlichen Streit einlassen – der für die Presse Whastons ein gefundenes Fressen wäre?

Diese Fragen stellten sich jedenfalls alle, die sich auf die Hochzeit freuten. Drei Tage waren verstrichen, seit die Zeitungen zum erstenmal von dem Meteor berichtet hatten. Noch etwa 20 Tage, dann dämmerte der große Tag der Hochzeit herauf. Mrs. Hudelson war sicher, daß sie ihren Mann – vorausgesetzt, der Meteor erschiene nicht gerade – einfach bei der Hand zu nehmen brauchte: »Hier dein Anzug, dein Hut, deine Handschuhe, wir müssen nach der

Saint-Andrew-Kirche«, würde sie sagen, und er würde, wenn auch geistig abwesend, hinter ihr hertrotten.
Aber wie war Mr. Forsyth, der Junggeselle, in die Kirche zu schleppen?
»Mein Neffe ist immer noch entschlossen, die Tochter dieses Doktor Hudelson zu heiraten?«
»Natürlich, Mr. Forsyth.«
»Die Tochter eines Mannes, der ... eh ... dessen Namen ich nicht über die Zunge bringe, kann überhaupt nicht reizvoll sein!«
»Was hat Ihnen Mr. Hudelson denn getan?«
»Er hat mich bestohlen! Ganz gemein bestohlen.«
»Ihre Taschenuhr? Ihren Zylinderhut?«
»Nein, er hat meinen Meteor geklaut!«
»Aha, der Meteor. Ist der etwa etwas wert? Auch nur einen Penny? Wegen eines solchen Steinklumpens wollen Sie sich mit einem alten Freund überwerfen, da schlägt doch der dunnerkielundheiligerbilly ...«
»Ruhe!!«
»Da hat's doch den zwirnkreuzundgrundeis ...«
»Ruhe!!!«
»Eher bringe ich einen Präsidenten und sieben Vizepräsidenten und den Stellvertreter des Pastors um die Ecke, als daß ich schweige!«
In diesem Augenblick klärte sich das Wetter plötzlich auf. Durch die Scheiben des nach dem Garten gelegenen Zimmers drang ein heller Lichtstrahl ins Zimmer.
»Dieser Hudelson sitzt bestimmt schon wieder hinter dem Fernglas, ich muß eilen!«
»Sie bleiben hier und hören die Wahrheit, die eine treue Dienerin Ihnen sagt, Mr. Forsyth!«
»Ich muß auf den Turm!«

»Mir dreht sich der Magen um.«
»Nehmen Sie Baldrian, liebe Mitz!«
Vom Turm herab ertönte Omikrons Stimme: »Die Feuerkugel, der Meteor!«
Mr. Dean Forsyth war nicht mehr zu halten, er stürmte die Treppe hinauf. »Vergessen Sie die Hochzeit nicht!« rief Mitz, aber er hörte sie nicht mehr.
»Das ist er, Omikron, ohne Zweifel. Wollen wir hoffen, daß dieser Hudelson nicht auch gerade durch sein Teleskop blickt!«
»Unser Meteor, Mr. Forsyth!«
»Mein Meteor!«
Doktor Hudelson saß selbstverständlich in seinem Observatorium. Und auch in Pittsburg und in Boston wurde der Meteor beobachtet. »Höchst interessant«, sagte der Direktor der Sternwarte zu Boston (und der Direktor von Pittsburg sagte etwas Ähnliches), »der Meteor beschreibt also eine geschlossene Bahn, er gehört nicht zu den Sternschnuppen, die im Weltraum verschwinden, nachdem sie die obersten Schichten der Atmosphäre gestreift haben, nein, dieser Meteor umkreist die Erde wie ein zweiter Satellit.«
Überall, in Whaston und woanders, beschäftigten sich die Mathematiker sofort damit, die Umlaufbahn des neuen Satelliten zu berechnen. Und 48 Stunden später stand fest: Die Bahn verlief genau von Norden nach Süden. 400 km trennten den Meteor von der Erde, und seine Geschwindigkeit betrug 6967 m/sec. Ein Kreislauf um die Erde dauerte 1 h 41′ 41″. Aus dieser Berechnung – das war sofort klar – ging hervor, daß der Meteor erst nach 104 Jahren, 176 Tagen und 22 Stunden wieder über dem Zenit von Whaston erscheinen würde. Die Bürger dieser Stadt atmeten auf.
»Niemand kann behaupten« – schrieb der *Whaston Mor-*

ning – »daß der Meteor überhaupt einmal herunterfällt. Das ist grober Unfug.«

Und der *Whaston Evening* antwortete: »Zweifellos fallen Meteore herunter. Aber sie müssen nicht auf Whaston stürzen. Das haben wir nie behauptet.«

Der seriöse *Whaston Standard* warf ein anderes Problem auf: *»Wie groß ist dieser Meteor? Nach der Höhe, in der er sich befand, und nach seiner scheinbaren Größe muß er einen Durchmesser von 500 m haben. Besteht der Meteor aus einem gasartigen Körper? Oder hat er einen festen Kern mit einer leuchtenden Hülle? Das wissen wir nicht und werden es nicht erfahren.*

Das Eigentümliche dieses Meteors ist, daß er eine geschlossene Bahn beschreibt. Wir sind sicher, daß diese Entdeckung für ewig mit den Namen Forsyth und Hudelson – übrigens Leser dieses Blattes – verbunden sein wird.«

Die wissenschaftliche Welt nahm weit weniger Anteil an diesen Problemen als die Einwohner von Whaston. Was diesen ein schönes Zeugnis ausstellt.

Der *Whaston Punch*, dieses satirische Giftblatt, ließ immer häufiger durchblicken, daß die beiden astronomischen Helden sich ihre Entdeckung streitig machten. Die Bevölkerung wurde hierdurch sehr beunruhigt, und die Stadt begann sich allmählich in zwei Lager zu spalten.

Der Himmel war jetzt meist blau, die Luft klar. Die beiden Astronomen konnten sich also an der Beobachtung des Meteors berauschen. Jeder gab ihm seinen eigenen Namen: die Forsythsche Feuerkugel, der Hudelsonsche Meteor!

Eines Tages erschien im *Whaston Standard* eine Notiz, eine ziemlich anzügliche. Mr. Forsyth, so hieß es, habe erklärt, es gäbe Leute mit so guten Augen, daß sie immer entdeckten, was andere schon früher gefunden haben.

Und im *Whaston Evening* antwortete Dr. Hudelson: »Es gibt Leute, deren Fernrohre sind nicht ordentlich geputzt. Diese Leute sehen oft Dinge, die es überhaupt nicht gibt.«

Am 28. April, nach dem Frühstück, sagte Mr. Dean Forsyth zu seinem Neffen, als der sich eben vom Tisch erhob:

»Gehst du noch immer zu diesen Hudelsons?«

»Ja, jeden Tag.«

»Nach allem, was der Doktor mir angetan hat?«

»Was hat er denn getan?«

»Er hat sich erlaubt, eine Entdeckung zu machen!«

»Das ist das Recht jedes freien Menschen!«

»Ich verbiete dir hiermit, auch nur einen einzigen Fuß über die Schwelle des Doktors zu setzen!«

»Ich denke nicht daran, und wenn ich auf Händen gehe!«

»Du wirst sehen, was du davon hast!« rief Mr. Dean Forsyth und schlug die Tür krachend hinter sich zu.

Die Sachlage wurde verschlimmert durch die jeden Tag deutlicher werdende Einmischung der Allgemeinheit in diesen privaten Streitfall. Die Tageszeitungen nahmen leidenschaftlich für oder gegen Dean Forsyth und Sydney Hudelson Partei. Bald wurden Podiumsdiskussionen veranstaltet, Protestmärsche fanden statt, und es kam zu ersten gefährlichen Schlägereien zwischen den Anhängern der beiden Astronomen.

Zu allem Unglück blieb das Wetter weiterhin schön und sonnig. In diese Situation knallte plötzlich ein Donnerschlag, der buchstäblich in der ganzen Welt seinen Widerhall fand.

War der Meteor explodiert?

Nein, es handelte sich einfach um eine Nachricht, die der Telegraph und das Telefon mit elektrischer Geschwindigkeit in alle Republiken und Königreiche der Alten und der Neuen Welt verbreiteten.

Diese Nachricht kam nicht aus dem Turm von Mr. Forsyth,

nicht von der Terrasse Mr. Hudelsons, auch nicht aus Boston oder Cincinnati. Dieses Mal war es die Pariser Sternwarte, die das Aufsehen der ganzen zivilisierten Welt erregte. Lassen wir die Zeitung sprechen. Im *Paris-Bild* hieß es:

Hervorragende Gelehrte, die besten der Welt, haben in den Himmel geblickt. Tag und Nacht. Haben die Familien vergessen und ihre Freundinnen. Für die Wissenschaft! Jetzt hatten sie Erfolg. Sie haben herausgefunden, woraus der Meteor besteht. Halten Sie sich fest: Dieser Meteor besteht aus Gold, aus purem Gold. Wieviel kostet eine solche Goldkugel? Niemand weiß es. Millionen, Milliarden, Billionen? Alles ist möglich. (Morgen mehr.)

8

Aus Gold ... aus reinem Gold!

Viele hielten das für Blödsinn. Aber das Pariser Observatorium dementierte nicht. Im Gegenteil, aus allen Teilen der Welt sandten die Direktoren der Sternwarten Glückwunschtelegramme.

Das brachte die Leute aus dem Häuschen. Noch niemals in der Geschichte war der Himmel so intensiv beobachtet worden. Selbstverständlich wichen auch Mr. Forsyth und Mr. Hudelson nicht von ihren Teleskopen.

Wie viele Berechnungen wurden über den Wert des Meteors angestellt!

Whaston Standard:

»Angenommen, der Kern des Forsyth-Hudelsonschen Meteors hätte einen Durchmesser von 10 m, dann würde diese Kugel aus reinem Gold 10 083 t wiegen. Das kostete 31 000 000 000 Mark.«

»Ist denn so etwas möglich?« fragte Omikron seinen Herrn.
»Warum denn nicht? Man muß die betreffende Masse mit dem durchschnittlichen Wert des Goldes – 3100 Mark für das Kilo – multiplizieren. Die Masse erhält man als das Produkt des Volumens und der Dichte, also des spezifischen Gewichts des Metalls, hier 19,258. Das Volumen kann man ganz einfach errechnen:
»Tatsächlich, ganz einfach!«
Der *Whaston Evening* nahm offen für den Doktor Partei und schrieb:
»Wir begreifen nicht, warum der ›Standard‹ annimmt, der Meteor habe einen Durchmesser von nur 10 m! Wir sind mutiger! Der Meteor hat 100 m Durchmesser.
Das Gewicht beträgt 10 083 488 t, und sein Wert ist – wir machen eine Überschlagsrechnung – 31 260 000 000 000 Mark. Und die Stellen hinter dem Komma sind noch nicht mitgerechnet.«
Am 6. Mai wurde das allgemeine Rätselraten beendet. An diesem Tag gab die Sternwarte von Pittsburg bekannt:
»Der von zwei hochangesehenen Bürgern der Stadt Whaston zuerst beobachtete Meteor, der aus reinem Gold besteht, hat ein Volumen von 696 000 m³.
Eine derartige Kugel müßte mehr als 13 Millionen Tonnen wiegen. Jedoch erreicht das tatsächliche Gewicht der Feuerkugel kaum 1/7 dieser Summe und beträgt fast genau 1 867 000 t, ihr Durchmesser beläuft sich auf annähernd 57 m.
Daraus wird der Schluß gezogen, daß in der den Kern bildenden Metallmasse größere Höhlungen vorhanden sind oder, mit größerer Wahrscheinlichkeit, daß sich dessen Metall in pulverförmigem Zustand befindet und daß der Kern eine poröse Struktur ähnlich der eines Schwammes aufweist.

Die Beobachtungen und Berechnungen ermöglichen es, den Geldwert der Kugel genau zu bestimmen. Dieser Wert beträgt nach dem heutigen Kurs genau
5 788 000 000 000 Mark.«
Als Mr. D. Forsyth diese Zahl las, rief er: »Ich bin der Entdecker und nicht dieser Gangster Hudelson!«
Und Hudelson: »Er ist mein Eigentum, das Erbgut meiner Kinder, ich bin der 5800fache Milliardär!«
Natürlich waren die Vanderbilts, Rockefellers, Pierponts, Morgans und die anderen amerikanischen Krösusse – von Rothschild und Krupp ganz zu schweigen – dagegen ganz kleine Groschenwichte.
Die Zeitungsartikel in Whaston wurden täglich boshafter, und es sah so aus, als würden die beiden Entdecker bald ein Duell ausfechten. Aber während die zwei Monomanen mehr und mehr den Verstand verloren, beruhigte sich – ein Glück für den Weltfrieden – allmählich die öffentliche Meinung.
Alle Leute kamen zu der Einsicht, daß es gleichgültig sei ob der Meteor aus Gold bestünde, da man ihn eh nicht bekommen könne.
Von Stunde zu Stunde dachte man also weniger an die Goldkugel. Nur der *Punch* machte noch Witze darüber, über die allein die Redakteure schallend lachten.

9

Zephyrin Xirdal?
Ach, das ist eine seltsame Type. Ein langer, schlottriger Körper mit einem Hemd, das oft keinen Kragen hatte, Korkenzieherhosen, einer Weste, an der von drei Knöpfen zwei

fehlten, einer weiten Jacke mit dicken Taschen, im ganzen ziemlich vergammelt ... das entsprach Zephyrin Xirdals Vorstellung von Eleganz. Von Xirdals gewölbten Schultern hingen meterlange Arme herab, abgeschlossen durch ungeheuer behaarte Hände.

Das Gesicht – nur ein Zufall konnte den Kopf nach oben gesetzt haben, er hätte auch ganz woanders sein können – war in seiner Häßlichkeit paradox. Ein massiges, viereckiges Kinn, ein großer Mund mit wulstigen Lippen, eine Boxernase, ausgefranste Ohren, die den Kopf entsetzt zu fliehen schienen – im ganzen also ein ziemlich unanständiges Gesicht. Die Stirn hingegen war vorzüglich geformt, geradezu feinsinnig. Dazu gehörten zwei große, stechende Augen, die, je nach Zeit und Laune, wunderbar intelligent oder unsagbar dämlich blickten.

Denn Zephyrin Xirdal war ein Genie.

In frühester Jugend bereits hatte er beschlossen, sich selbst zu unterrichten, und um seine Erfolge zu testen, hatte er sich jedes Jahr zu allen schwierigen Prüfungen an den Hoch- und Fachschulen angemeldet. Natürlich bestand er alle Prüfungen mit summa cum laude. Als er 18 war, starben seine Eltern und hinterließen ihm (glücklicherweise) eine Monatsrente von 15 000 Franc. Die Verwaltung dieses Geldes übertrug Xirdal Herrn Bankier Robert Lecoeur, den er aus Anhänglichkeit seinen Onkel nannte. Dann mietete Xirdal sich zwei winzige Zimmer im 6. Stock eines Hauses der Rue Cassette in Paris. Was stopfte er nicht alles in diese Wohnung! Da lagen Maschinenmodelle, elektrische Batterien, Dynamos, optische Instrumente, Retorten; ganze Pyramiden von Broschüren, Büchern und Papieren waren auf dem Fußboden und auf dem einzigen Stuhl gestapelt.

Und was arbeitete dieser Zephyrin Xirdal?

Hauptsächlich, das ist nicht zu leugnen, träumte er und schmauchte ununterbrochen eine Pfeife guten Tabaks. Manchmal kam ihm aber auch eine Idee. Er hatte sich mit allem beschäftigt: höherer Mathematik, Physik, Chemie, Physiologie, Philosophie — alles nacheinander. Und um welches Problem es sich auch handelte, er löste es mit einem wütenden Eifer — so lange, bis ihm eine neue Idee kam. Heute z. B. arbeitete er schon mehrere Stunden an einem Problem und wühlte in den Papierbergen. Was meinen Sie, wie viele praktische Erfindungen darin verborgen waren, wie viele geistreiche und tiefe Gedanken! Nie hatte er daran gedacht, aus diesen Schätzen Nutzen zu ziehen. Geld? Es interessierte ihn nicht. Wenn er Geld brauchte, ging er einfach zu Herrn Robert Lecoeur und ließ sich von seinem Konto auszahlen, was er wollte.

Am Morgen des 10. Mai saß dieser glückliche junge Mann bequem auf seinem einzigen Stuhl, rauchte, die Füße auf dem Fensterbrett, und blickte in einen Fetzen Zeitungspapier, in den der Kaufmann an der Ecke Zwiebeln eingewickelt hatte. Ein spannendes Kreuzworträtsel beschäftigte Xirdal einige Minuten. Dann warf er das Papier in den Raum, griff mit der linken Hand lässig nach einem Bündel Zeitungen, das auf dem Fußboden lag. Er erwischte eine acht Tage alte Nummer des *Figaro*. Er blätterte von der ersten bis zur letzten Seite, las die Annoncen und begann dann wieder mit der ersten Seite. Da blitzten seine Augen intelligent auf.

»Halt!« rief Zephyrin Xirdal.

Was las er denn jetzt so eifrig und angestrengt?

Als letzter Mensch auf der ganzen Erde erfuhr er heute von der Whastoner Feuerkugel aus reinem Gold. Nur der Zufall hatte ihm diesen Artikel in die Hände gespielt.

»Das ist ein schöner Nonsens!« rief er.
Er zog die Beine vom Fensterbrett, wischte einige Bücher vom Tisch und kramte nach einer wissenschaftlichen Zeitschrift. Er fand sie endlich und begann sofort alle Einzelheiten über den Meteor nachzulesen. Eine wissenschaftliche Revue ist natürlich gründlicher als eine Tageszeitung.
Dann wühlte er ein Fernrohr hervor, das ebenso mit Staub bedeckt war wie eine seit 100 Jahren im Keller lagernde Weinflasche.
Das Fernrohr ans Fenster zu schaffen, es auf einen Punkt des Himmels zu richten, den er bereits berechnet hatte, das Auge vor das Okular zu bringen – es war die Arbeit weniger Sekunden.
»Stimmt, stimmt alles ganz genau!« Nach 8 min griff Xirdal nach seinem Hut, stolperte die sechs Treppen hinunter und stolzierte nach der Rue Drouot, deren ganzer Stolz das Bankhaus Robert Lecoeur ist. Zephyrin Xirdal ging immer zu Fuß, nie benutzte er eine Straßenbahn, einen Omnibus oder ein Taxi. Mit gesenkten Augen rannte er durch die Stadt, immer in gerader Richtung. Ohne den Fußgängern auszuweichen, rempelte er jeden an, der nicht rechtzeitig beiseite sprang. Xirdal hörte die vielen Flüche gar nicht, die seinen Weg begleiteten.
Nach 20 min war er in der Rue Drouot. »Ist mein Onkel da?«
»Jawohl, mein Herr.«
Zephyrin Xirdal öffnete eine gepolsterte Tür und betrat das Büro seines Onkels.
»Ich brauche Geld!« sagte er.
»Das habe ich mir schon gedacht, ich bin ja nicht auf den Kopf gefallen.«
»Ich brauche 10000 Franc.«

»Ich brauche Geld«, sagte Zephyrin Xirdal. »Das habe ich mir schon gedacht, ich bin ja nicht auf den Kopf gefallen«, antwortete der Onkel

»Das ist etwas Neues, sonst hast du nur immer 200 genommen. Aber du solltest ruhig etwas ausgeben, die Zinsen wachsen dir sonst über den Kopf. Was willst du denn mit dem vielen Geld?«

»Ich will verreisen.«

»Und wohin?«

»Das weiß ich noch nicht.«

»Hier sind die 10 000.«

»Außerdem brauche ich ein Stück Land!«

»Ein Stück Land, wozu denn das?«

»Ja, ein Terrain von etwa 2—3 qkm.«

»Den Place de la Concorde vielleicht?«

»Nein, nicht in Frankreich. Irgendwo, ich weiß selbst noch nicht wo.«

»Willst du mir verraten, wozu das gut sein soll?«

»Ich will ein Geschäft machen.«

»Ein großes?«

»Es handelt sich um 5000 bis 6000 Milliarden Franc.«

Jetzt begann der Bankier sich ernstlich Sorgen zu machen.

»Weißt du denn nicht, daß es auf der ganzen Erde nicht den 100. Teil dieser Summe in Gold gibt?«

»Auf der Erde nicht, aber da oben!«

»Da oben?«

»Ja, 400 km von hier, gerade hinauf.«

Jetzt ging dem Bankier ein Licht auf. Der Meteor! Wenn ein anderer als Zephyrin Xirdal übrigens in dieser Weise zu dem Bankier Lecoeur gesprochen hätte, wäre er längst hinausgeflogen. Die Minuten eines Bankiers sind kostbar. Doch mit Zephyrin Xirdal war das anders. Es ließ sich ja nicht bestreiten, daß bei ihm eine Schraube locker war, immerhin hatte er ein geniales Gehirn.

»Du willst also diese Goldkugel ausschlachten?«

»Ja, ich werde sie herunterholen. Aber Ihnen das zu erklären, würde zu weit führen; außerdem verstünden Sie es sowieso nicht.«
»Sehr liebenswürdig!«
Unsere Leser dürften jedoch eher als der Bankier Lecoeur Verständnis zeigen. Für Xirdal hatte die Materie keine wirkliche Existenz. Wenn man sie zerteilt in Moleküle, in Atome, immer bleibt noch ein Rest zurück. Aber was ist das schon, alles nur Plunder! Das Entscheidende ist die Energie. Was ist nun aber wieder die Energie? Zephyrin Xirdal gestand, das selbst nicht zu wissen.
Die Energie oszilliert, nach Zephyrin Xirdal, immer zwischen zwei Grenzen: dem absoluten Gleichgewicht, das nur bei gleichmäßiger Verteilung im Weltraum erreichbar wäre, und der absoluten Konzentration auf einen Punkt.
»Unter dieser Voraussetzung«, schloß Zephyrin Xirdal, »genügt es, wenn ich eine kleine Menge Energie frei mache und sie auf einen beliebigen Punkt im Weltraum richte – auf einen Körper, der selbst nicht zu groß ist. Das ist eigentlich ein Kinderspiel.«
(Der Leser wird darauf hingewiesen, daß es sich hier um die Theorie des genialen Zephyrin Xirdal handelt. Vielleicht tat Bankier Lecoeur doch ganz recht, wenn er sie nicht verstand!) »Meine Maschine, die ich konstruiert habe, wird ausreichen, auf einen Meteor von ein paar 1000 t Einfluß zu nehmen.«
»Und wo soll der Meteor herunterfallen?«
»Auf mein Stück Land, das Sie mir kaufen werden! Ich werde Ihnen noch mitteilen, wo es liegen muß. Ich meine, es wäre günstig, wenn es nicht zu viele Touristen in diesem Land gäbe.«
»Das laß mich nur arrangieren. Schließlich haben wir einen

Telegrafen und können Geschäfte in den entlegensten Landstrichen abschließen.«

Mit 10 000 Franc in der Tasche rannte Zephyrin Xirdal mit großen Schritten in seine Wohnung zurück, fegte alle Papiere vom Tisch und begann zu schreiben. Die ganze Nacht brütete er über seinen Berechnungen, doch als der Morgen graute, hatte er eine Lösung gefunden.

Er hatte die Kraft bestimmt, mit der er den Meteor angreifen mußte, ebenso den Zeitpunkt und die Richtung, in der das geschehen sollte, sowie den Ort und das Datum für das Niederfallen des Meteors.

Sofort schickte er einen Eilbrief an den Bankier Lecoeur. Dann suchte er einen schwarzen Kasten hervor und stellte ihn mitten ins Zimmer. An diesem würfelförmigen Kasten war nichts Besonderes zu sehen. Er enthielt eine Reihe von Glasgefäßen, worin sich Drahtspulen befanden, die mit dünnem Kupferdraht miteinander verbunden waren. Über dem Kasten war ein Metallspiegel angelötet, in dessen Brennpunkt ein spindelförmiges Glasgefäß saß, ohne Verbindung zu den Spulen. Mit Hilfe feiner Instrumente stellte Zephyrin Xirdal den Metallspiegel genau in die Richtung ein, die er so mühsam ausgetüftelt hatte. Dann legte er unten in den Kasten noch ein Röhrchen, das einen hellen Glanz ausstrahlte. Dabei sprach er vor sich hin, als stünde er in einem Hörsaal.

»Das hier, meine Herren, ist Xirdalium, 100 000mal so radioaktiv wie Radium. Unter uns muß ich allerdings gestehen, daß ich es nur verwende, damit auch das Auge etwas von unserem Versuch hat. Die Energie der Erde allein würde vollkommen ausreichen.«

Er hatte den Kasten wieder geschlossen und durch zwei Kabel mit einer galvanischen Batterie verbunden.

»Die neutral-helikoidalen Ströme, die ich übrigens selbst aus reinem Zufall entdeckt habe, sind neutral und stoßen alle Körper ab.«

Ein schwaches Sirren wurde hörbar, und aus dem Metallspiegel strahlte ein bläuliches Licht. Gleichzeitig geriet das Glas in eine drehende Bewegung, wurde immer schneller.

Einem oberflächlichen Beobachter zeigte sich nichts.

Einem, der genau hinsah, wäre aber doch aufgefallen, daß die in der Luft schwebenden Staubteilchen, die mit den Rändern des Metallspiegels in Berührung geraten waren, wie vor einem unsichtbaren Hindernis herumwirbelten. Der Staub bildete einen abgestumpften Kegel, dessen Grundfläche auf der Umfangslinie des Spiegels lag. Nach 2 bis 3 m wurde dieser Kegel zu einem Zylinder von einigen Zentimetern Durchmesser. Dieser Strahl setzte sich draußen trotz starken Windes gerade fort, bis in die Ferne.

Zephyrin Xirdal stopfte sich eine Pfeife.

»Meine Herren, es geht alles nach Wunsch!«

1/2 Stunde später hielt er die Maschine an. An den folgenden Tagen ließ er sie ebenfalls laufen, wobei er den Spiegel immer um einige Grade verstellte. Am 20. Tag kam etwas dazwischen. Zephyrin Xirdal hatte nämlich eine Idee. Eine Batterie müßte man erfinden, die sich selbst regeneriert! Zephyrin Xirdal konzentrierte alle seine geistigen Kräfte auf dieses Problem. Plötzlich ergriff er den Hut, polterte die sechs Stockwerke hinunter und lief zu einem Tischler, dessen Werkstatt gleich gegenüberlag. Er erklärte dem Meister, daß er ein Rad mit eiserner Achse brauche, mit 27 Vertiefungen längs des Radkranzes, in die ebenso viele Glasbecher passen mußten.

Dann rannte er zu einem Drogisten, 500 m weiter, und wählte 27 Glasbecher aus, die ein Gehilfe in dickes Packpapier wickelte und fest zuschnürte.

Gerade wollte Zephyrin Xirdal wieder nach Hause gehen, als er mit einem Bakteriologen – einem seiner wenigen Freunde – zusammenstieß.

»Hallo!«

»Wie geht's?«

»Will gerade zum Schnellzug. Urlaub, mein Lieber, täte dir auch gut. Fahre an den Strand. Willst du mitkommen?«

»Keine schlechte Idee.«

»Hast du etwas Dringendes vor? Experimente?«

Xirdal dachte angestrengt nach. »Nein, nichts. Ich könnte ein bestimmtes Problem, Ebbe und Flut betreffend, gut lösen.«

»Also, komm mit!«

Die beiden jungen Männer schlugen die Richtung zum Bahnhof ein.

Und während Xirdal eine Fahrkarte kaufte, schnurrte und hämmerte es in der Rue Cassette, in einem Zimmer in der 6. Etage, leise in einem schwarzen Kasten, warf ein Metallspiegel unaufhörlich einen bläulichen Schein hinaus und drang der gebündelte Lichtstrahl immer tiefer in den unbekannten Weltraum. Sich selbst überlassen, setzte der Apparat seine dunkle und geheimnisvolle Arbeit fort.

10

Die Welt wußte jetzt alles von der Feuerkugel, also kümmerte man sich nicht mehr um sie. Die Erde hatte ihren zweiten Satelliten – na, was ist das schon?

Mr. Dean Forsyth und Mr. Sydney Hudelson sahen die Sache ganz anders. Sie verstanden die Gleichgültigkeit der Erdbewohner nicht, sie blickten mit wütendem Eifer 12mal in 24 Stunden auf den Meteor.

Unter diesen Verhältnissen war an einen Friedensschluß zwischen den beiden Rivalen nicht zu denken. Und auch die Heirat zwischen Francis und Jenny wurde immer unwahrscheinlicher. Diese ernste Sachlage wurde aber noch verschlimmert.

Am Abend des 11. Mai saß Mr. Forsyth wie gewöhnlich hinter dem Fernrohr. Da sprang er mit einem lauten Schrei vom Stuhl. Er war so wachsbleich geworden, daß Omikron fürchtete, er könnte auf der Stelle tot umfallen.

Mr. Forsyth schob jedoch Omikron zur Seite und floh, taumelnd wie ein Betrunkener, in sein Arbeitszimmer. Der Schlüssel drehte sich knirschend. Seit dieser Minute wurde Mr. Forsyth nicht wiedergesehen (für 30 Stunden). Nur einmal gelang es Francis, die Tür mit Gewalt zu öffnen. Durch einen schmalen Spalt erblickte er seinen Onkel, der zusammengebrochen in seinem Sessel hing und mit wahnsinnigen Augen auf seinen Neffen stierte: »Was willst du hier?«

»Du mußt etwas essen, lieber Onkel!«

»Ich brauche nichts, nur Ruhe und Frieden.«

Darauf wußte Francis nichts zu erwidern, und so zog er die Tür wieder zu.

»Vielleicht ist er verrückt geworden«, sagte der Neffe zu Mrs. Hudelson.

»Wir müssen jetzt an die Heirat denken!« erwiderte die gute Frau. »Sie darf einfach nicht verschoben werden.«

Am 13. Mai erschien Mr. Forsyth in der Küche und begann schweigend zu essen. Dann legte er sich gemästet und lahm in sein Bett, rief Omikron, dem er etwas ins Ohr flüsterte, und schlief ein.

»Was der alles gegessen hat: 6 Spiegeleier, kaltes Roastbeef, Kartoffeln, Fruchtpudding – alles ratzekahl weg.«

»Und sonst, hat er was gesagt?«

»Kein Wort von der Hochzeit. Er hat nur nach einem Reporter geschickt!«
»Dann gibt es eine Katastrophe.«
Am nächsten Tag veröffentlichte der *Whaston Standard* eine Mitteilung des Mr. Dean Forsyth, und der *Whaston Morning* druckte eine Erklärung des Dr. Sydney Hudelson.
Im 1. Teil stimmten die beiden Artikel völlig überein, dann gingen die Meinungen auseinander. Zur gleichen Zeit, als Whastons Zeitungsleser die Neuigkeit erfuhren, wurde sie dank des Telegrafen in den beiden Hemisphären blitzartig verbreitet.
Mr. Forsyth und Mr. Hudelson hatten mit eigenen Augen gesehen, daß die Bahn des Meteors gestört worden war. Die früher von Norden nach Süden verlaufende Umlaufbahn hatte sich leicht nach Nordost bis Südwest verschoben. Daraus schlossen sie beide, daß die Kugel doch auf die Erde prallen würde.
Dann widersprachen sich die beiden. Die tiefsinnigen Berechnungen Mr. Forsyths ergaben, daß die Feuerkugel am 28. Juni an der Südspitze Japans herunterstürzen werde, während Dr. Hudelson bewies, daß sie am 7. Juli in Patagonien landen mußte.

II

Am gleichen Vormittag stand der Richter John Proth am Fenster seines Hauses. Der Meteor – das müssen wir hier sagen – kümmerte ihn überhaupt nicht. Im Zustand vollen Seelenfriedens überblickte er den Konstitutionsplatz.
Seine Haushälterin Kate fegte mit dem Besen über seine Füße.

»Sehen Sie, Mr. Proth, da die Dame . . .«
»Ja.«
»Sie wartet auf etwas, sie ist ganz ungeduldig. Richtig, es ist die, die sich vor zwei Monaten hat trauen lassen, ohne vom Pferd zu steigen.«
»Ich erinnere mich, Miss Arcadia Walker, jetzt Mrs. Stanfort.«
»Was die wohl hier will?«
»Das interessiert mich überhaupt nicht.«
»Ob sie Ihre Dienste schon wieder braucht?«
»Das glaube ich nicht, denn in den Vereinigten Staaten ist die Bigamie gesetzlich verboten. Übrigens muß ich jetzt aufs Gericht. Heute wird da ein Streit über den Meteor verhandelt — unangenehme Sache.«
Mr. John Proth klemmte ein Bürgerliches Gesetzbuch unter den Arm und wandelte ruhigen Schrittes zu dem in der Potomacstreet gelegenen Justizpalast.
Eben schlug die Uhr 10.
»Das ist stark, er ist noch nicht da!« rief Mrs. Stanfort. »Frechheit. Heute haben wir doch den 18. Mai.«
Die Angestellten des Hotels am Konstitutionsplatz hätten das unruhige Aufundabwandern der Dame ebenso beobachten können wie vor zwei Monaten den fremden Reiter. Aber alle Männer, Frauen und Kinder hatten andere Dinge im Kopf. Den Meteor nämlich.
Da hörten sie am Ende des Platzes lautes Geschrei. Alles, was Beine hatte, rannte in diese Richtung, und schnell waren 100 Leute zusammengeströmt. Gleichzeitig drängten sich die Neugierigen an den Hotelfenstern.
»Da ist er!« rief die Menge.
»Na, endlich!« sagte Mrs. Stanfort, die selbstverständlich annahm, daß die Aufmerksamkeit der Masse ihrem Mann

War es der berühmte Meteor, dem die Volksmenge zujubelte? Nein. Ein Ballon sank begeistert begrüßt herab

galt. Alle Köpfe richteten sich nach oben, weit über 100 Arme streckten sich nach dem Himmel aus.

War es der berühmte Meteor, der über die Stadt hinwegschwebte?

Nein. Wem sonst jubelte dann die Volksmenge zu?

»Ein Ballon, sehen Sie doch! Eben taucht er hinter dem Turm von Saint-Andrew auf!«

Tatsächlich, langsam sank ein Ärostat herab, begeistert begrüßt von der erregten Menge.

Gab es einen Grund für diesen Jubel? Ja, den gab es wirklich. Gestern abend war dieser Ballon in einer Nachbarstadt aufgestiegen, besetzt von dem berühmten Luftschiffer Walter Wragg und einem Gehilfen. Der Flug sollte dazu dienen, den Meteor unter günstigeren Bedingungen zu beobachten. Die Menge wartete mit Spannung auf die Ergebnisse dieser Expedition. Natürlich hatten Mr. Forsyth und Dr. Hudelson verlangt, daß Wragg sie mit in den Ballon steigen lasse. Das war für Wragg eine peinliche Situation, und zwischen den beiden Rivalen hatte ein zorniger Briefwechsel stattgefunden. Schließlich erklärte Mr. Wragg, er könne aus Sicherheitsgründen (wer weiß, was die beiden da oben angestellt hätten?) nur mit einem Gehilfen abfliegen.

Ein leichter Wind trug nun den Ballon über die Dächer, und in der Mitte des Konstitutionsplatzes sank er ruhig nieder. Ein vielstimmiges Hurra erscholl.

Mr. Wragg und sein Gehilfe kletterten aus dem Korb, und der Gehilfe ging schnellen Schrittes auf die unruhig wartende Mrs. Arcadia Stanfort zu.

»Da bin ich, Mylady«, sagte der Gehilfe, niemand anderer als Mr. Stanfort.

»Um 10 h 35 min.«

»5 min zu spät, ich bitte um Entschuldigung. Das Luftschiff ist etwas vom Kurs abgewichen.«

»Und wie kommst du in diesen Ballon?«

»Ganz einfach, ich habe meinen Platz für eine Handvoll Dollar von Mr. Wragg gekauft.«

»Du bist noch immer der gleichen Meinung?«

»Vollkommen.«

»Wir sollten also auf ein gemeinsames Leben verzichten?«

»Wir sind nicht füreinander geschaffen.«

»Da bin ich deiner Meinung.«

»Ich verkenne deine guten Eigenschaften nicht.«

»Ich fühle Hochachtung vor dir.«

»Aber wir lieben uns nicht.«

»Überhaupt nicht.«

»Wir haben zwar die gleichen Hobbys . . .«

»Das Reisen!«

»Aber wir können uns über die Richtung nicht einigen!«

»Ich werde nach Japan fahren, ich habe mich für Dean Forsyth entschieden.«

»Und ich setze auf Sydney Hudelson. Ich reise nach Patagonien.«

»Dann müssen wir uns eben trennen.«

Die Ehegatten gingen auf das Haus des Richters zu.

»Der Richter ist nicht da!«

»Und wann kommt er?«

»Zum Mittagessen.«

»Wir haben 2 Stunden Zeit, was machen wir da?«

»2 Stunden und 15 min.«

»Wollen wir am Ufer des Potomac spazierengehen?«

»Mit Vergnügen.«

»Das ist das erste Mal in unserer Ehe, daß wir einer Meinung sind.«

»Das letzte Mal.«
Seit Anbruch des Tages hatte sich die ganze Stadt vor dem Justizpalast versammelt. Sobald die Gitter geöffnet wurden, drängten alle in den Sitzungssaal, der in wenigen Augenblicken zum Brechen gefüllt war. Die Saaldiener mußten alle, die keinen Platz gefunden hatten, mit Gewalt hinausschieben. Die Enttäuschten begnügten sich, der Landung des Ballons beizuwohnen.
Die wahnwitzige Erregung des Volkes hatte zwar ihren Siedepunkt erreicht, als die Pariser Sternwarte bekanntgab, daß der Meteor aus reinem Gold bestünde, doch in Whaston waren noch Steigerungen möglich: Alle Bewohner bewegten sich wie im Delirium. Die Fälle von Geistesstörungen, die sich zeigten, waren so zahlreich, daß binnen 3 Tagen alle Irrenhäuser des Landkreises überfüllt waren.
Die Urheber der ganzen Aufregung – die beiden Amateurastronomen – zeigten sich nicht weniger meschugge. Wem würde die Goldkugel gehören? Wer würde sie in klingende Münze verwandeln können?
Mr. Forsyth:
Mr. Hudelson:
»Sie gehört mir!«
Beide hatten ihre Ansprüche öffentlich verkündet, und die Presse Whastons lieferte sich jeden Tag die wütendsten Schlachten, es gab Proteste, Klageandrohungen, Verleumdungen, Verdacht, Verrat und bitteren Hohn.
Unter diesen Umständen war an eine Heirat natürlich überhaupt nicht zu denken. Der 15. Mai ging ins Land, und noch immer waren Francis und Jenny nur Verlobte.
Mr. Forsyth: »Ich halte Dr. Hudelson für eine kümmerliche Brillenschlange, und niemals werde ich diese Heirat erlauben!«

Auge in Auge standen sich die beiden Rivalen gegenüber

Mr. Hudelson: »Der Onkel von Francis Gordon ist ein verwackelter Taschendieb, und niemals wird eine Hudelson seinen Neffen heiraten!«

Dem mußte man sich (vorerst) fügen.

Mit Beleidigungen war der Streit nun allerdings nicht zu beenden. Man mußte sich an das Gericht wenden. Das taten die beiden auch.

Am 17. Mai war eine Vorladung an Mr. Dean Forsyth und an Mr. Sydney Hudelson ergangen, vor dem Richterstuhl Seiner Ehren, des Mr. John Proth, zu erscheinen. Daher stürmte eine erregte Menge am 18. das Gerichtsgebäude.

Die beiden Rivalen standen sich Auge in Auge gegenüber. Zu Beginn der Sitzung wurden verschiedene andere Angelegenheiten erledigt, und die Parteien, die, einander mit der Faust drohend, gekommen waren, verließen zur großen Befriedigung des Mr. Proth den Verhandlungssaal als gute Freunde.

Würde das aber auch der Fall sein mit diesen beiden Gegnern?

»Die nächste Klagesache, bitte!«

»Forsyth gegen Hudelson und Hudelson gegen Forsyth!« rief der Gerichtsdiener.

»Die beiden Herren mögen näher herankommen!«

Mr. Forsyth und Mr. Hudelson traten aus der Gruppe ihrer Anhänger hervor. Sie maßen sich mit ihren Blicken wie zwei bis zur Mündung geladene Kanonen, für die nur ein Funke genügte, um sie detonieren zu lassen.

»Um was handelt es sich, meine Herren?« sagte der Richter, der über den Fall gewiß bestens unterrichtet war.

Mr. Forsyth:
Mr. Hudelson:

»Ich komme, um meine Ansprüche gerichtlich bestätigen zu lassen.«

Was jetzt folgte, war ein ohrenzerreißendes Duett, bei dem man weder Terzen noch Quinten hörte, sondern nur eine ungewohnte Disharmonie. Mr. Proth klopfte als Dirigent mit dem elfenbeinernen Papiermesser auf seinen Tisch, um die Kakophonie zu beenden.

»Meine Herren, sprechen Sie doch nacheinander. Nach dem Alphabet ist Mr. Forsyth an der Reihe!«

Mr. Forsyth: Am Morgen des 16. März habe ich um 7 h 37 min und 20 sec als erster einen Meteor entdeckt, der am Himmel von Norden nach Süden hinzog. Ich habe meine Entdeckung rechtmäßig angemeldet, um mir die Priorität zu sichern. Ich bin also der Besitzer des Meteors!

Dr. Hudelson: (gab eine gleichlautende Erklärung ab.)

Richter Proth dachte daraufhin erst einmal tief nach. Dann setzte er sein Barett auf und verkündete folgenden

Beschluß

In Erwägung einerseits, daß Mr. Dean Forsyth behauptet, am Morgen des 16. März um 7 h 37′ 20″ einen Meteor entdeckt zu haben –

in Erwägung andererseits, daß Mr. Sydney Hudelson behauptet, dieselbe Feuerkugel zur gleichen Zeit gesehen zu haben –

(Zwischenrufe: Richtig! Hört! Hört!)

in Erwägung, daß die Entscheidung hier auf eine Frage von Minuten und Sekunden hinausläuft und daß die Streitsache ausschließlich wissenschaftlicher Natur ist, und ferner, daß es bezüglich der Priorität von Entdeckungen keine Gesetzesparagraphen gibt, erklären wir uns für inkompetent und verurteilen beide Parteien zur Zahlung der Gerichtskosten an die Gerichtskasse.

Der Beamte konnte einfach kein anderes Urteil fällen. Die Kläger waren da allerdings anderer Meinung.

Mr. Forsyth:
Mr. Hudelson: (beide sehr laut) »Ich bitte ums Wort!«
Mr. Proth: »Wird erteilt, wenn Sie nacheinander sprechen.«
Das war aber zuviel verlangt. Die beiden antworteten gleichzeitig (Zwischenrufe: Gib ihm Saures! Lügenbold!), und der Richter konnte nicht anders, als sie toben zu lassen. Er verstand nur so viel, daß es hier um allgemeine Ansprüche, Eigentumsansprüche, ging.
Mr. Proth setzte sein liebenswürdigstes philosophisches Lächeln auf und bat um Ruhe:
»Meine Herren, erlauben Sie mir, Ihnen einen Rat zu geben. Sollte der Meteor zur Erde fallen
(Zwischenrufe: Das wird er auch! In Japan! In Patagonien!),
dann wünsche ich persönlich nur, er möge nicht auf meine Blumen in meinem Garten fallen. (Im Saal wurde gelächelt, Friedensstimmung breitete sich aus, die der Richter gleich ausnutzte.) Da es sich hier um eine Kugel im Wert von 5 788 000 000 000 Mark handelt, würde ich vorschlagen, daß Sie einfach Halbe-Halbe machen.«
Mr. Forsyth: »Niemals.«
Mr. Hudelson: »Nein.«
»Nie!«
Mr. Proth: »Da hier eine Einigung unmöglich ist, gibt das Gericht zu Protokoll:
Verhandlungen am 18. Mai 19...
Die Parteien über ihre Erklärungen und Ansprüche gehört. Was beide vorzubringen hatten, erschien völlig gleichwertig. Da die Entdeckung des Meteors nicht notwendigerweise die Eigentumsrechte an diesem einschließt, ferner es für diesen Fall kein Gesetz gibt, da auch kein derartiger Fall bisher vorgelegen hat,

erscheint es unumgänglich, in einem derartigen Fall mit größter Vorsicht zu handeln.
In Erwägung, daß der Klagepunkt auf einer Hypothese beruht, die ebensogut nicht zuzutreffen braucht, wenn nämlich der Meteor

a) ins Wasser fiele

b) sich in nichts auflöste,

beschließt das Gericht:

Die Entscheidung wird bis zum tatsächlichen Herunterfallen des umstrittenen Meteors vertagt.«

Die Zuhörer waren noch Minuten nach diesen Worten still und dachten über das Urteil nach. Und Nachdenken beruhigt ja die Gemüter. Nicht zufrieden waren freilich die beiden Rivalen.
Mr. Forsyth: »Ich erkenne den Beschluß nicht an!«
Mr. Hudelson: »Der Beschluß ist absurd!«
Mr. Forsyth: »Ich werde mein Recht bis auf den letzten Blutstropfen verteidigen.«
Mr. Hudelson: »Ich reise noch heute nach Patagonien ab.«
Mr. Forsyth: »Und ich nach Japan!«
Zuhörer: »Hurra! Hurra!« (Hüte und Spazierstöcke flogen in die Luft).
Als alle draußen waren, teilte sich die Menge in zwei feindliche Heerlager, denen sich auch die Neugierigen anschlossen, die im Saal keinen Platz gefunden hatten.
Das gab einen Tumult: Jeder beschimpfte jeden, Ohrfeigen wurden ausgetauscht, Morddrohungen ausgestoßen, und am liebsten hätten die Anhänger Forsyths den Dr. Hudelson gelyncht, wie auch Hudelsons Parteigänger Forsyth lynchen wollten. Alle waren der Meinung, daß der Streit damit auf echt amerikanische Weise aus der Welt geschafft wäre.

Aber die Polizei hatte bereits Notstandsmaßnahmen getroffen. Sie hatte Laufgitter aufgestellt. Mit dem Gummiknüppel drängte sie die Gegner auseinander. Als sie nicht mehr aufeinander prügeln konnten, riefen sie in Sprechchören immer wieder: »Hurra, Mr. Forsyth!« – »Hurra, Mr. Hudelson!« Und dann: »Zum Bahnhof, zum Bahnhof!«

Die Menge ordnete sich von selbst zu zwei Marschkolonnen, die singend den Konstitutionsplatz überquerten. An der Spitze der einen Gruppe trug man Mr. Forsyth auf den Schultern, an der anderen Mr. Hudelson.

Die Polizisten hielten sich jetzt lieber zurück. Beide Kolonnen konnten nicht mehr zusammenstoßen; denn Mr. Forsyth wurde triumphierend zum Westbahnhof getragen, von wo er nach San Francisco als der ersten Etappe auf dem Weg nach Japan abfahren wollte. Und Mr. Hudelson, nicht weniger triumphierend, wurde zum Ostbahnhof gebracht, um den Zug nach New York zu besteigen. Von dort wollte er nach Patagonien.

Nach und nach schwächten sich die Rufe der Menge ab und erstarben schließlich in weiter Ferne.

Mr. Proth stand vor seiner Haustür, von wo er die lärmende Menge beobachtet hatte, und erinnerte sich an das Mittagessen. Da wurde er von einem Herrn und einer Dame angesprochen.

»Herr Richter, vor zwei Monaten waren wir hier, um uns trauen zu lassen.«

»Es war mir ein Vergnügen.«

»Heute kommen wir zu Ihnen, um uns wieder scheiden zu lassen.«

»Auch das soll mir ein Vergnügen sein.« Der Richter, ein welterfahrener Mann, hatte sofort begriffen, daß jetzt nicht der Zeitpunkt zu einem Versöhnungsversuch war. Außer-

dem duftete es aus der Küche nach einem wundervollen Mittagessen.
»Würden Sie in mein Büro kommen!«
»Muß das sein?«
»Keineswegs.« Nichts ist in dem merkwürdigen Land Amerika so einfach, wie eine Ehe zu trennen. Man kann eine Scheidung sogar herbeiführen, ohne persönlich vor dem Richter zu erscheinen. Es gibt Agenturen, die für diese Zwecke Strohmänner vermieten, die alle Formalitäten erledigen. Mr. und Mrs. Stanfort hatten jedoch die notwendigen Papiere selbst mitgebracht.
»Hier ist die gedruckte Scheidungsurkunde, Mr. Stanfort, wir brauchen nur noch die Namen einzutragen.«
»Darf ich Ihnen meinen modernen Füllfederhalter anbieten?«
»Aber ich habe keine Unterlage zum Schreiben.«
»Bitte, nehmen Sie meinen Rücken, Mr. Proth!«
Ohne zu zögern, unterschrieb Mrs. Stanfort mit ihrem Mädchennamen: Arcadia Walker. Auch Mr. Stanfort unterschrieb – auf dem Rücken des Richters – ohne mit der Wimper zu zucken.
Dann entfalteten beide (wie vor zwei Monaten) je eine 500-Dollar-Note.
»Als Honorar!«
»Für die Armen!«
Dann verneigten sich die Exgatten, und jeder ging, ohne sich noch einmal umzudrehen, in eine andere Richtung davon. Kopfschüttelnd trat Mr. Proth in sein Haus. »Ich sollte eigentlich draußen ein Schild anbringen mit der Aufschrift:

Hier verheiratet man sich zu Pferd
und läßt sich zu Fuß wieder scheiden!«

12

Wir übergehen hier die Beschreibung der tiefen Betrübnis der Familie Hudelson und Francis Gordons. Der Leser mag sich vorstellen, daß alle zwischen Ärger und Verzweiflung schwankten, wenn sie an die beiden astronomischen Rivalen dachten. Und wie sinnlos war die Abreise der beiden!
Wie dumm auch die Ehescheidung von Mr. Stanfort und Miss Walker. Hätten sie nur 24 Stunden gewartet!
Schon am nächsten Morgen nämlich veröffentlichten alle Zeitungen Whastons und der übrigen Welt einen Leserbrief von J. B. R. Löwenthal, Direktor der Sternwarte zu Boston. Wie sich zeigte, war dieser Brief für die beiden Whastoner Berühmtheiten wenig schmeichelhaft.

LESERBRIEF

Eine Mitteilung, die in den letzten Tagen von zwei Amateurastronomen aus Whaston an die Presse gegeben wurde, hat die Welt in eine unverständliche Aufregung versetzt. Es ist unser Bedürfnis, diese Angelegenheit aufzuklären.
Zunächst müssen wir bedauern, daß hier in unverantwortlicher Weise Nachrichten verbreitet wurden, die nicht von Fachgelehrten geprüft worden sind. Fachleute gibt es bekanntlich genug, und es wäre für die Herren Forsyth und Hudelson eine Kleinigkeit gewesen, sich über ihre Beobachtungen und Berechnungen in der Fachwelt zu vergewissern. Wir anerkennen gewiß, daß einzelne Laien in den Himmel sehen, aber es ist nicht erwiesen, daß jeder, der einen neuen Meteor entdeckt, gleichzeitig zum Mathematiker wird. Wenn ein Laie sich an Aufgaben heranwagt, die er nicht lösen kann, entstehen nur Verwirrung und Unsinn – wir bedauern das. Es ist ganz richtig, daß der Meteor in seiner Bahn gestört

worden ist. Aber die Herren Forsyth und Hudelson haben in ihren – zweifellos fehlerhaften – Berechnungen übersehen, daß der Meteor seine Bahn schubweise von Tag zu Tag verändert hat.

Somit läßt sich eine endgültige Umlaufbahn noch längst nicht voraussagen. Wir arbeiten unentwegt, hierüber Genaueres zu erfahren.

Es war also vorschnell, unverantwortlich und gemeingefährlich, schon jetzt den Zeitpunkt und den Ort des Absturzes des Asteroiden anzugeben.

Wenn die unbekannte Ursache in gleicher Weise fortfährt, den Meteor zu beeinflussen, wird er gewiß herabfallen – wo das aber sein wird, ist der Sternwarte in Boston bis heute nicht bekannt.

Wir kommen zum Schluß: Das Herabfallen des Meteors ist wahrscheinlich, aber nicht gewiß, denn die uns unbekannte Kraft kann aufhören, auf den Meteor einzuwirken. Auf jeden Fall heißt es: abwarten.

Wir empfehlen jedermann, sich zu beruhigen und jeden Tag unsere Bulletins zu lesen, in denen wir die Weltöffentlichkeit auf dem laufenden halten werden.

gez. J. B. R. Löwenthal

Lasen Mr. Seth Stanfort und Miss Arcadia Walker diesen Leserbrief? Das ist dunkel geblieben. Aber Mr. Dean Forsyth bekam ihn in Saint Louis zu Gesicht, und Dr. Hudelson las ihn in New York. Sie wurden dabei beide so rot, als hätte ihnen der berühmte Löwenthal persönlich eine Ohrfeige gegeben.

Es blieb nichts anderes übrig, als J. B. R. Löwenthal zu glauben. Schließlich war er eine Kapazität.

Mr. Forsyth mußte seine Fahrkarte nach San Francisco verfallen lassen, und Dr. Hudelson konnte sein Ticket für eine Kabine 1. Klasse nach Buenos Aires nicht benutzen. Wieder in Whaston angekommen, setzten sie sich gleich hinter ihre Fernrohre und fanden: Löwenthal hat recht.

Mr. Forsyth und Dr. Hudelson bekamen die Wirkungen ihres peinlichen Irrtums bald zu spüren.

Wo waren die begeisterten Menschenmengen geblieben, die sie auf den Schultern getragen hatten? Offenbar hatte sich die Gunst des Volkes von ihnen abgewendet. Vorbei war es mit der Popularität.

Dann kam ein neuer schwerer Schlag für die Leidgeprüften.

Plötzlich interessierten sich die Regierungen der Erde für den Meteor. Notwendigerweise mußten sie sich mit ihm befassen, denn er konnte, sollte er auf die Erde stürzen, geradezu eine finanzielle Revolution auslösen. Die Meldung vom Zusammentreten einer internationalen Konferenz traf beide Astronomen wie ein Blitz. Es wurden sogar schon die Namen der zukünftigen Delegierten genannt! Die Konferenz sollte in Washington zusammentreten, und die Delegierten konnten, da sie doch von allen Ecken und Enden der Welt kamen, gar nicht so schnell eintreffen. Also hatten sich die interessierten Regierungen auf eine Vorkonferenz geeinigt, in der die Botschafter ein endgültiges Programm für die internationale Konferenz aushandeln sollten.

Der Leser wird hier keine Aufzählung aller Staaten, die auf dieser Vorkonferenz vertreten waren, erwarten. Die Liste würde die ganze zivilisierte Erde umfassen. Kein Kaiser- und kein Königreich, keine Republik, keine Diktatur war an diesem Rechtsstreit uninteressiert, und so hatten alle einen Delegierten ernannt, von Rußland, das der Herr Saratoff aus Riga vertrat, bis China, für das Exzellenz Lio Mao Tschi sprechen sollte. Die Republiken San Marino und An-

dorra waren durch die Herren Beveragi und Ramonscho anwesend.
Vorläufig waren alle Ansprüche erlaubt, alle Hoffnungen berechtigt, denn niemand wußte, wo der Meteor auf die Erde fallen würde (falls er überhaupt fiel).
Die 1. Sitzung fand am 25. Mai in Washington statt. Man begann damit, daß man die Frage Forsyth – Hudelson ganz von der Tagesordnung absetzte, was übrigens nicht länger als 5 min dauerte.
Die beiden Herren, die persönlich nach Washington gereist waren, versuchten vergeblich, bis zur Rednertribüne vorzudringen. Man setzte sie einfach vor die Tür. (Sic transit gloria mundi!)
Der Leser stelle sich vor, mit welcher Wut im Bauch die beiden wieder in Whaston eintrafen!
Auch die Presse war ihnen jetzt gar nicht mehr freundlich gesinnt! »Was hatten die Phantasten überhaupt in Washington zu suchen? Sie haben zwar als erste den Meteor gesehen, doch was heißt das schon? Man hat wirklich keinen Grund, sich mit den lächerlichen Besitzansprüchen beider Herren überhaupt noch zu beschäftigen!«
Mehrere Sitzungen widmete die Konferenz der Aufgabe, eine Liste der Staaten zusammenzustellen, die zur Teilnahme an der Konferenz berechtigt sein sollten. Die Verhandlungen darüber verliefen recht stürmisch: Ungarn und Finnland z. B. wollten unmittelbar vertreten sein, wogegen die Kabinette in Wien und St. Petersburg scharfen Protest erhoben. Frankreich und Ägypten stritten sich gerade über Tunesien, Japan wollte Korea nicht zulassen, in Deutschland war man gegen die Russen. So lange, bis am 1. Juni J. B. R. Löwenthal eine neue Nachricht von sich gab, die den Eindruck erweckte, als habe er nun seinerseits eine Störung erlitten.

MITTEILUNG

Voller Erregung berichteten wir von Ereignissen, deren Zeuge wir in den letzten Tagen wurden, Tatsachen, die das gesamte System unseres Denkens durcheinanderbringen. Die Wissenschaft kennt sich nicht mehr aus.

In früheren Mitteilungen haben wir Sie darüber unterrichtet, daß die Umlaufbahn des Meteors kontinuierliche Störungen erfahren hat, deren Ursache und Gesetz bis heute unerforscht sind.

Gewöhnlich geht am Himmel nichts vor, von dem der Astronom nichts weiß. Er kann künftige Sonnen- und Mondfinsternisse auf die Sekunde genau voraussagen.

Der betreffende Meteor vollführt in den letzten Tagen Bewegungen, die in schreiendem Widerspruch zu allen unseren wissenschaftlichen Erkenntnissen stehen.

Auch Laien haben beobachten können, daß der Meteor am Nachmittag des 30. Mai, statt sich der Erde zu nähern, wie er dies seit dem 10. Mai getan hat, merklich von ihr abgerückt ist. Gleichzeitig ist die Abweichung von seiner Bahn, die seit 20 Tagen in nordost-südwestlicher Richtung zu beobachten war, zum Stillstand gekommen.

Ist diese Erscheinung allein schon unverständlich, muß es noch merkwürdiger anmuten, daß seit gestern, dem 31. Mai, die Umlaufbahn wieder genau eine nordsüdliche geworden ist. Die Wissenschaft ist ohnmächtig, sie kann sich diese Entwicklung nicht erklären. Wir wagen nicht mehr zu entscheiden, ob der Meteor herabfallen wird oder nicht. Möglich ist jetzt alles. *gez. J. B. R. Löwenthal*

Ein Anarchist hätte mit einer in den Sitzungssaal geworfenen Bombe nicht mehr Erfolg haben können als diese Mitteilung Löwenthals. Die Zeitungsjungen konnten ihre Ware

Die Delegierten hatten keine Lust, saßen herum und rissen Witze über Löwenthal

nicht schnell genug heranschleppen. Überall bildeten sich Diskussionsgruppen – an einen geordneten Fortgang der Verhandlung war nicht mehr zu denken.

Und so auch in den nächsten Tagen. Löwenthal schickte immer überraschendere Bulletins. Der Meteor, schrieb er, tanze im Himmel einen Cancan, bald neige sich die Bahn nach Osten, bald nach Westen.

Die praktische Arbeit der Konferenz war vollends in Frage gestellt.

Die Delegierten hatten keine Lust mehr, saßen an der Bar und rissen Witze über Löwenthal. Aus allen Himmelsrichtungen strömten aber täglich neue Delegierte für die internationale Konferenz herbei; bald waren es so viele, daß man wohl oder übel wieder Sitzungen abhalten mußte. Die Vorkonferenz wurde für geschlossen erklärt. Am 10. Juni trat die internationale Konferenz zusammen, um 14 h Ortszeit, und zwar unter dem Alterspräsidenten Soliès, einem Professor der Ozeanographie und Delegierten des Fürstentums Monaco. Zuerst wurde ein ständiges Sekretariat gewählt.

Mit Rücksicht auf den Gastgeber wurde der berühmte amerikanische Anwalt Harvey zum 1. Vorsitzenden gewählt. 2. Vorsitzender und Kassenwart wurde Herr Saratoff aus Riga.

Nach der Wahl begrüßte der 1. Vorsitzende die Teilnehmer in einer mehrstündigen herzlichen Ansprache. Dann sollten 3 Unterausschüsse gewählt werden. Schon wollte Mr. Harvey zur Stimmenabgabe auffordern, als ein Saaaldiener ihm folgendes Telegramm übergab, das Harvey sofort verlas:

HERR PRÄSIDENT STOP
HABE DIE EHRE INTERNATIONALE

KONFERENZ ZU VERSTÄNDIGEN DASS
METEOR ÜBER DEN SIE VERHANDELN
KEINE HERRENLOSE SACHE SONDERN
MEIN EIGENTUM STOP
DIE INTERNATIONALE KONFERENZ HAT
KEINE EXISTENZBERECHTIGUNG STOP
NUR MEINEM WILLEN GEHORCHEND WIRD
METEOR ZUR ERDE FALLEN STOP ER IST UND
BLEIBT ALSO MEIN EIGENTUM ENDE

»Und von wem ist dieses Telegramm?« fragte der englische Delegierte.
»Ein Absender ist nicht angegeben!«
»Unter diesen Umständen«, erklärte der Vertreter Deutschlands, »können wir davon ausgehen, daß dieses Telegramm kein ordnungsgemäßes ist. Es ist also nicht vorhanden, und wir brauchen es auch nicht zu beachten.«
»Das ist auch die Ansicht des Vorsitzenden. Sie stimmen sicherlich zu, daß wir dieses Telegramm dem Archiv der Konferenz einverleiben, meine Herren? Kein Widerspruch? – Meine Herren, die Sitzung nimmt ihren Fortgang!«

13

In modernen Zeiten sollte es eigentlich Pfründen, Stellen ohne Arbeit, nicht mehr geben. Witwe Thibaud jedoch erfreute sich einer solchen angenehmen Geldquelle. Ihre Aufgabe war es nämlich, die Zimmer Zephyrin Xirdals sauberzuhalten. Das war die einzige Pflicht der Madame Thibaud, der Witwe eines Schlächtermeisters, und es war nicht gerade die Arbeit eines Herkules, die sie zu verrichten hatte. Es war ihr nämlich verboten, im 2. Zimmer auch nur ein Stück Papier auf dem Boden zu verrücken. Ihrem Arbeitseifer blieb nur ein kleines Quadrat Fußboden in der Mitte des Zimmers, das sie mit Hingabe bohnerte.

Witwe Thibaud hatte eine fanatische Vorliebe für Ordnung und Sauberkeit. Sie litt geradezu körperlich unter dem Chaos, von dem ihr Fußbodenviereck umgeben war. Sie verspürte die tiefe Sehnsucht, einmal gründlich aufzuräumen und alles, was sie für Plunder hielt, wegzuwerfen. Einmal – Zephyrin Xirdal war ausgegangen – hatte sie damit schon begonnen, doch als er zurückkam, hatte er die Witwe so unheildrohend angestarrt, daß die gute Frau noch 8 Tage unter nervösem Zittern zu leiden hatte.

Die Talente der Witwe Thibaud wurden also von Xirdal gewaltsam an ihrer Entfaltung gehindert, und so kam es, daß sie eigentlich überhaupt nichts zu tun hatte. Trotzdem erschien sie täglich für zwei Stunden bei Monsieur und benutzte diese Zeit, ihm die Ohren vollzureden.

Gewöhnlich erzählte sie von ihrer Familie, allen Onkeln und Tanten, von Krankheiten und Zipperlein, und zum Abschluß hielt sie jedesmal einen großen Monolog über das Schicksal einer ehrlichen Schlächtersfrau, die gezwungen sei, bei anderen Leuten sauberzumachen. Nie habe sie, die Witwe Thibaud, Hundefleisch in die Wurst geschnitten – und doch hatten die betrüblichen Umstände des Lebens sie zur Putzfrau herabsinken lassen.

Witwe Thibaud war nach solch einer Rede immer tief befriedigt. Zephyrin Xirdal, der das alles schon kannte, überhörte mit Engelsgeduld ihren Wortschwall, und so kamen die beiden viele Jahre lang gut aus: Witwe Thibaud schwatzte, und Zephyrin Xirdal hörte nicht hin. So waren beide miteinander zufrieden.

Die Witwe Thibaud rückte den geheimnisvollen Kasten zur Seite und ging an ihre Arbeit

Am 31. Mai stellte sich die Witwe wie gewöhnlich um 9 h früh in der Wohnung ein, fand sie jedoch leer. Denn Zephyrin Xirdal war ja am Vortage mit seinem Freund Marcel Leroux ans Meer gefahren.
Die Witwe wunderte sich nicht darüber; in den langen Jahren, die sie für Xirdal gearbeitet hatte, hatte sie sich an vieles gewöhnt. Sie ärgerte sich nur, daß ihr heute niemand zuhörte. Nach dem Aufräumen des ersten Zimmers drang sie vor in das zweite, das sie stolz das »Arbeitszimmer« nannte. Da erschrak sie.
Ein ungewöhnlicher Gegenstand, ein schwarzer Kasten, nahm einen wesentlichen Teil des Fußbodenquadrats ein, der sonst für ihren Besen freigegeben war. Was sollte das bedeuten? Witwe Thibaud war entschlossen, einen derartigen Eingriff in ihre Rechte nicht zu dulden, und so rückte sie den Kasten einfach beiseite und ging friedlich an ihre Arbeit.
Witwe Thibaud war etwas schwerhörig. Daher bemerkte sie nicht das schwache Geräusch im Kasten. Auch den bläulichen Schein, der von dem Metallspiegel ausging, sah sie nicht, da sie auch kurzsichtig war.
Als sie jedoch einmal nichtsahnend am Metallspiegel vorüberging, erhielt sie einen harten Stoß und schlug lang auf den Boden. Als sie sich später zu Hause entkleidete, sah sie staunend, daß sie einen großen blauen Fleck bekommen hatte, merkwürdigerweise aber an der rechten Hüfte, obwohl sie doch auf die linke gefallen war. Zufällig war sie nicht wieder in die Achse des Reflektors geraten, und so brachte sie ihren Unfall nicht mit dem schwarzen Kasten in Beziehung.
Sie glaubte, auf einem Papier ausgerutscht zu sein. Pflichtbewußt rückte die Witwe Thibaud, nachdem sie ausreichend

gefegt hatte, den Kasten wieder an seinen alten Platz. Wenn sie nicht die genaue Stelle traf, dann war das nur ihrer Kurzsichtigkeit zuzuschreiben.

An den folgenden Tagen machte es die Witwe ebenso.

Langsam gewöhnte sie sich an den Anblick des schwarzen Kastens, der damit viel von seinem Geheimnis verlor. Immer weniger achtete sie darauf, ihn in seine ursprüngliche Lage zurückzubringen. Sie stellte ihn zwar immer wieder zum Fenster, der Metallspiegel verschob sich jedoch mehr und mehr. An einem Tag war der Staubzylinder mehr nach rechts gerichtet, am anderen mehr nach links, einmal nach oben, einmal nach unten. Die Witwe Thibaud dachte sich dabei bestimmt nichts Böses. Sie ahnte auch nicht, daß sie den berühmten J. B. R. Löwenthal zur Verzweiflung, ja fast in den Selbstmord trieb. Einmal drehte sie arglos den Spiegel nach oben, so daß er zur Zimmerdecke zeigte.

So fand ihn Zephyrin Xirdal, als er am 10. Juni am frühen Nachmittag zurückkehrte.

Xirdals Urlaub an der See war sehr angenehm gewesen, und er wäre bestimmt noch länger geblieben, wenn er nicht 10 Tage nach der Ankunft auf die Idee verfallen wäre, seine Wäsche zu wechseln. Er hatte sein Paket geöffnet und darin verwundert 27 Gläser gefunden. Was hatten die 27 feuerfesten Gläser hier am Meer zu suchen? Da erinnerte sich Xirdal plötzlich, daß er eine galvanische Batterie bauen wollte, ein Projekt, von dem er sich viel versprach. Sorgfältig wickelte er die 27 Gläser wieder in das Packpapier, verabschiedete sich von Marcel Leroux und sprang in den Zug nach Paris. In seinem Abteil hätte er beinahe den Grund für seine Rückkehr wieder vergessen. Ein kleiner Zwischenfall auf dem Gare Saint-Lazare erinnerte ihn wieder.

Er hatte das Paket mit den Gläsern nur provisorisch wieder

zugeschnürt, und als er aus dem Zug kletterte, öffnete es sich, die Gläser fielen mit großem Geräusch auf den Bahnsteig. 200 Leute drehten sich um und vermuteten ein anarchistisches Attentat. Sie sahen aber nur Zephyrin Xirdal, der verdutzt auf die Bescherung blickte.

Ehe Zephyrin Xirdal zu seiner Bude hinaufstieg, kaufte er bei einem Drogisten 27 neue Gläser. Dann holte er beim Tischler das Holzrad ab, das dort seit 10 Tagen fertig lag.

Beladen mit Paketen, schloß er umständlich seine Wohnungstür auf, blieb aber an der Schwelle wie angenagelt stehen: Seine Maschine zeigte mit ihrem Metallspiegel zum Zenit. Sofort erinnerte er sich an seine Experimente. Er ließ die Pakete fallen. Die gehorchten den Gesetzen der Schwerkraft und näherten sich gradlinig dem Mittelpunkt der Erde, den sie auch erreicht hätten, wäre nicht der Fußboden dazwischen gewesen. Auf dem zerschellte nun die 2. Serie Gläser. Zephyrin Xirdal hatte innerhalb einer Stunde 54 Gläser verloren.

»Das hat die Witwe Thibaud angerichtet!« rief Xirdal. Als er die Augen zur Decke hob, sah er dort ein kleines Loch, genau in der Verlängerung der Achse des Spiegels. Dieses Loch war bleistiftdick, hatte ganz glatte Ränder wie ein Durchschuß.

Hier mußte Zephyrin Xirdal sofort eingreifen. Er kippte einen Hebel der Maschine um, das Schnurren hörte auf, und der bläuliche Schein erlosch langsam.

Dann wischte er die Post von seinem Arbeitstisch und las in der Zeitung alle Mitteilungen von J. B. R. Löwenthal, der die Welt über die merkwürdigen Bewegungen der Whastoner Feuerkugel unterrichtet hatte. Zephyrin Xirdal bog sich vor Lachen. Dann legte er seine Stirn in Falten. Welchen Sinn hatte die internationale Konferenz? Wieso maßte sie sich das Recht an, über das Eigentum an dem Meteor zu verhandeln? Er gehörte doch wohl ihm, Xirdal! Er allein konnte ihn zur Erde bringen. Dann fiel Zephyrin ein, daß die Konferenz gar nichts von seiner Existenz wissen konnte.

Sofort stieß er die Scherben der 27 Gläser mit dem Fuß beiseite und stürmte zum nächsten Postamt. Er gab das Telegramm auf, das Präsident Harvey später vom hohen Präsidentenstuhl herab vorlesen sollte. In der Eile vergaß Zephyrin Xirdal leider, seinen Namen unter das Telegramm zu setzen.

Einige Tage lang experimentierte Zephyrin Xirdal wie besessen. Am 3. Tag klopfte es an der Zimmertür. Herein trat der Bankier Robert Lecoeur. »Endlich treffe ich dich!« rief er atemlos. »Wo, zum Kuckuck, warst du?«

»Ich war für kurze Zeit verreist, geschäftlich.«

»Verreist, das ist unverzeihlich, ich habe vor Angst nicht schlafen können!«

Zephyrin Xirdal war über die plötzliche Zuneigung des Bankiers sehr erstaunt.

»Weißt du nicht, Zephyrin, daß mein ganzes Vermögen auf deinem Kopf ruht?«

»Das ist mir neu.«

»Also, das ist so: Im Vertrauen auf deine Experimente mit dem Meteor habe ich an der Börse à la baisse gekauft.«

»À la baisse?«

»Ja, ich habe verkauft.«

»???«

»Goldminenanteile, Aktien. Verstehst du. Wenn dein Meteor herunterfällt, müssen alle Goldminenaktien ins Bodenlose stürzen.«

»Davon verstehe ich nichts. Sie hatten also Goldminenaktien?«

»Nein, eben nicht.«

»Sie haben also verkauft, was Sie gar nicht hatten?«

»Das nennt man Termingeschäfte, junger Freund. Wenn ich die Papiere liefern muß, kaufe ich sie selbst schnell.«

»Und was soll Ihnen das nützen?«

»Versteh doch: Ich verkaufe sie teuer jetzt und kaufe sie später selbst billig ein. Daran kann man ganz schön verdienen.«

»!!?«

»Zuerst ging ja alles gut, die Kurse sind bereits um 25 Punkte gefallen, der Meteor bewegte sich wirklich wie toll. Ich habe immer mehr Papiere verkauft, viel zu viele.«

»Ohne sie selbst zu besitzen?«

»Nun wurde der Meteor abwechselnd nach allen vier Himmelsrichtungen verschlagen, nur nicht nach unten. Die Folge: Die Kurse steigen wieder. Ich verliere ungeheure Summen.«

»Sie möchten also gern, daß der Meteor herunterfällt?«

»Er muß fallen, sonst bin ich pleite!«

»Haben Sie ein Grundstück gekauft?«

»Selbstverständlich, die Bescheinigung vom Katasteramt habe ich in meiner Tasche.«

»Dann ist alles in Ordnung. Unser Experiment wird am 5. Juli abgeschlossen sein. Am gleichen Tag werde ich von Paris abreisen, meinem Meteor entgegen.«

»Er wird 'runterfallen?«

»Ja.«

»Ich werde mit dir fahren, das muß ich sehen!«

Zephyrin Xirdal ging wieder an die Arbeit. Und, vielleicht aus Mitleid mit dem Bankier, er blieb auch dabei. Täglich surrte der schwarze Kasten einige Minuten. Xirdal über-

prüfte immer aufs neue seine Berechnungen. Er sah: Alles verlief planmäßig.
Am Morgen des 5. Juli richtete er zum letzten Mal sein Objektiv auf den Himmel. »Da ist unser Freund, nun kann er von selbst fallen!«
Und er ging ans Einpacken.
Zuerst den Apparat, die Ferngläser. Er wickelte sie sorgfältig ein. Was mußte er sonst noch mitnehmen?
Und wo sollte er die Gegenstände alle unterbringen? In einem Koffer? Den besaß er nicht. In einem Rucksack? Nach längerem Suchen fand er einen in einer dunklen Kammer unter staubigem Gerümpel. Er war schon ziemlich abgeschabt und hatte nur noch einen Tragriemen.
Zephyrin Xirdal öffnete den Rucksack in der Mitte des Zimmers. »Nur das Notwendigste, ein Dandy reist nur mit Zahnbürste!«
Zuerst warf er 3 Paar Schuhe hinein. Erschöpft von dieser Anstrengung, wischte er sich den Schweiß von der Stirn. Dann wurde ihm klar, daß er auf diese Weise nicht vorankam. Also griff er mit beiden Händen in die offene Schublade und warf in den Rucksack, was ihm zwischen die Finger kam. Er stopfte so lange, bis nichts mehr hineinging, holte einen Bindfaden und zog den Rucksack zu und knotete so kompliziert, daß er Stunden brauchen würde, um ihn wieder zu öffnen. Er betrachtete sein Werk mit großer Befriedigung.
Da klopfte auch schon Robert Lecoeur. »Brechen wir auf, wie viele Gepäckstücke?«
»Drei.«
»Gib mir das leichteste, unten wartet mein Wagen.«
»Ein herrlicher Gedanke!« rief Zephyrin Xirdal, der für sein Leben gern in einem Fiaker fuhr.
»Auf nach Grönland!«

14

Das Leben bot Mr. Forsyth und Dr. Hudelson keine Freude mehr. Der große J. B. R. Löwenthal hatte sie zurechtgewiesen, die internationale Konferenz aus dem Saal geworfen. O Übermaß der Schande! Sie, die den Rausch des Ruhmes genossen hatten, konnten die Gleichgültigkeit des Publikums nicht verwinden.

In ihren Tischgesprächen mit den letzten Anhängern donnerten sie wütende Reden gegen die Dummheit und Verblendung der großen Menge, die falschen Göttern nachlaufe. Sie hatten sich geirrt, richtig, aber dieser Löwenthal, hatte er nicht auch Fehler gemacht? Der Meteor war ein abnormer Himmelskörper. Da war ein Irrtum schon einmal möglich.

»Gewiß, gewiß!« murmelten die letzten Getreuen.

Und die internationale Konferenz? Wie kam sie überhaupt dazu, die Rechte der Entdecker zu mißachten?

»Und der Entdecker bin ich!« rief Mr. Dean Forsyth.

»Ich bin der Entdecker!« schwor Dr. Sydney Hudelson.

»Gewiß, gewiß!« nickten die letzten Anhänger mit den Köpfen. Die Verbitterung der beiden Amateure lähmte allerdings nicht ihren Feuereifer. Je häufiger man ihre Rechte anzweifelte, desto heftiger verteidigten sie sie. Allerdings nahm niemand die beiden mehr allzu ernst. In dieser Situation war natürlich an die Aussöhnung der Rivalen nicht zu denken.

Die Herren Hudelson und Forsyth verkündeten feierlich, bis zum letzten Atemzug, bis vor die höchste Instanz, ihre Rechte zu verteidigen.

Wutschnaubend und einsam verbrachte jeder den Tag hinter seinem Fernrohr. Nur selten stiegen sie herab zum Familientisch. Francis Gordon sprach kein Wort mehr mit seinem Onkel, und die alte Mitz knallte Forsyth wortlos die Teller hin. In Dr. Hudelsons Familie schlichen die beiden Töchter schluchzend durch die Zimmer – wie wandernde Wasserfälle.

Hohnlachend lasen Forsyth und Hudelson täglich die Berichte J. B. R. Löwenthals und die Protokolle der Konferenz.

Dort saßen alle ihre Feinde versammelt. Befriedigt sahen die beiden Entdecker, daß die Konferenz nicht richtig vorankam, daß man ohne Ergebnis hin und her palaverte.

Zuerst war der Vorschlag gemacht worden, der Meteor solle dem Land gehören, in dessen Gebiet er niederfiele.

Den Antrag unterstützten Rußland, China und Indien – Länder von großer Ausdehnung –, deren Chancen also höher als die der kleinen waren. In diplomatischen Kreisen, wie man so sagt, war man über den Antrag verstimmt. Man verhandelte hinter den Kulissen, zahlte Bestechungsgelder, unternahm geheime Dienstreisen, nur um die Annahme des Antrags zu verhindern. Schließlich beantragte die Schweiz eine Vertagung des Themas. Erleichtert stimmte die Mehrzahl zu. Man wollte erst wieder darüber verhandeln, wenn man über eine rechtmäßige Verteilung überhaupt keine Einigkeit erzielen konnte. Doch was war hier rechtmäßig? Über diese Frage kam es zu so heftigen Debatten, daß der Präsident Harvey mehrmals gezwungen war, von seinem hohen Stuhl zu steigen, den Hut aufzusetzen und hinter sich die Tür des Saales zuzuwerfen. Diese Maßnahme hatte bisher gewirkt, die Versammlung wieder zur Vernunft zu bringen. Aber wie lange noch?

Konnte man während des täglichen Tanzes des Meteors noch lässig arbeiten, Partys feiern und Ausflüge machen, so wurde die Lage ernst, als der Meteor seine Bahn und Löwenthal die geistige Heiterkeit des Mathematikers wiedergefunden hatte. Der gelehrte Direktor der Sternwarte zu Boston wagte sich mit immer kühneren Prognosen hervor. Das beunruhigte die Delegierten, es bildeten sich Fraktionen. Die Großen wollten versuchen, den Meteor unter sich aufzuteilen, und die Kleinen unter Anführung Andorras riefen immer wieder nach Gerechtigkeit und Gleichheit!

Am 15. Juli war die Konferenz in eine ausweglose Sackgasse geraten, als wieder einmal J. B. R. Löwenthal von sich hören ließ:

»Seit etwa 10 Tagen hat der Meteor seine Ruhe wiedergefunden und ist in eine Umlaufbahn eingeschwenkt, die wir genau berechnen können. Wir sagen folgendes voraus:

1. Der Meteor wird auf die Erde fallen.

2. Er wird am 19. August, vormittags zwischen 2 und 11 h, fallen.

3. Er wird in einem Umkreis von 10 km um die Stadt Upernavik, Grönland, zur Erde fallen.«

Sobald sich diese Nachricht verbreitete, wurden alle Weltmärkte erschüttert, die Goldpreise der Alten und Neuen Welt fielen. Bankier Robert Lecoeur konnte sich die Hände reiben.

15

Am Morgen des 27. Juli drängte sich eine große Menschenmenge auf den zur Abfahrt bereiten Dampfer *Mozik*, der Charleston, die Hauptstadt von South-Carolina, eben verlassen sollte. So viele Neugierige wollten nach Grönland reisen, daß es an Bord des 1500-t-Schiffes keine unbesetzte Kabine mehr gab. Neben der *Mozik* waren noch andere

Fracht- und Touristendampfer gechartert worden, die alle über den Atlantik zum Baffinsmeer schipperten.
Bei der großen Aufregung, die Löwenthals Berechnung hervorgerufen hatte, war das nicht weiter verwunderlich.
Löwenthal konnte sich unmöglich getäuscht haben. Hatte er nicht die Herren Forsyth und Hudelson so rüde zurechtgewiesen? Er durfte sich jetzt auf gar keinen Fall selbst dem Vorwurf der Leichtfertigkeit aussetzen. Der Meteor sollte also in Grönland herunterfallen und, was wirklich bequem war, in der Nähe einer Stadt. Es wäre für die vielen Touristen bestimmt etwas anstrengend gewesen, in das Innere des Landes, in arktische Stürme und ewiges Eis, zu fahren.
Fünf Passagiere der *Mozik* werden dem Leser bekannt sein. Da war Mr. Forsyth in Begleitung Omikrons, dann Mr. Hudelson, mit dem Jenny reiste. Und Francis Gordon war natürlich auch an Bord.
Francis und Jenny konnten sich den ganzen Tag so lange sehen, wie sie wollten. Die beiden Rivalen wagten das nicht zu verbieten, denn es war auf dem Schiff ziemlich eng. Die Verlobten hofften überdies, daß der Meteor – vielleicht durch irgendeinen winzigen Rechenfehler Löwenthals – in die Tiefe des arktischen Meeres hinabfiele.
Damit wäre nun allerdings Herr Ewald von Schnack nicht einverstanden gewesen. Er hoffte als der Vertreter Dänisch-Grönlands, daß sein Land das reichste der Erde würde.
Vielleicht waren die Panzerschränke der Regierung zur Unterbringung der Trillionen zu klein, aber da ließ sich ja Abhilfe schaffen. Kein Däne sollte mehr Steuern zahlen, und jeder sollte von der Regierung ein Urlaubsgeld erhalten!
Herr Ewald von Schnack war ebenfalls an Bord. Es erübrigt sich zu sagen, daß Mr. Forsyth und Mr. Hudelson nur mit Haß an den Vertreter Grönlands dachten.

Herr Ewald von Schnack war ebenfalls an Bord. Es erübrigt sich zu sagen, daß Mr. Forsyth und Mr. Hudelson nur mit Haß an den Vertreter Grönlands dachten

Man schätzt die Entfernung von Boston bis nach Upernavik in Grönland auf 3300 Seemeilen, das sind etwa 6000 km. Die Fahrt sollte, zwei Tage Aufenthalt zum Kohlefassen eingerechnet, 14 Tage dauern. Lebensmittel für mehrere Monate befanden sich unter Deck, denn in Upernavik war man gewiß nicht auf den Ansturm der Touristen eingerichtet.

Die *Mozik* steuerte in Sichtweite der Ostküste der USA nach Norden. Nach Passieren des Kap Hatteras, an der äußersten Spitze Nordkarolinas, hielt sie aufs offene Meer hinaus. Im Monat Juli ist das Wetter in diesem Teil des Atlantiks meist freundlich. Solange Ostwind wehte, glitt das Schiff ruhig dahin. Bei Nordwind stampfte und schlingerte es gewaltig. Herr von Schnack, der sich in seiner Kabine bereits wie ein künftiger Trillionär fühlte, ließ sich von einer rauhen See nicht stören. Aber Mr. Forsyth und Dr. Hudelson fütterten die Möwen reichlich. In keinem Augenblick, so grün sie sich auch fühlten, bedauerten sie jedoch, sich auf dieses Abenteuer eingelassen zu haben.

Die beiden Verlobten blieben von der Seekrankheit verschont. Sie kümmerten sich um die beiden Kranken auf raffinierte Weise: Jenny betreute Mr. Forsyth, und Francis Gordon legte Dr. Hudelson kühlende Tücher auf die Stirn. Bei schwächerem Seegang führten sie die beiden unglücklichen Astronomen aus den Kabinen an Deck und setzten sie in Liegestühle, die sie Tag für Tag näher zusammenrückten. Ob die Kranken wollten oder nicht, das Versöhnungswerk wurde an ihnen getan.

Hilflos saßen sich die Rivalen an Deck gegenüber, und sie wurden nur munter, wenn Herr von Schnack mit dem festen Schritt eines alten Seebärs vorbeimarschierte. Dann leuchteten matte Blitze in den Augen der beiden, und sie stam-

melten dunkle Drohungen in ihre Tassen mit Pfefferminztee.
Herr von Schnack bemerkte die Anwesenheit der beiden gar nicht. Mit dem Stolz eines Beamten, der überzeugt ist, daß sein Staat bald alle Schulden bezahlen würde, wanderte er selbstzufrieden zwischen den Passagieren.
Die *Mozik* passierte New York auf offener See und setzte ihren Weg nordöstlich Richtung Boston fort. Am Morgen des 30. Juli warf man im Hafen dieser Stadt den Anker. Die Kohlenbunker waren bereits am Abend des gleichen Tages gefüllt. Einige Passagiere verzichteten auf die Weiterreise. Sie waren froh, wieder festen Boden unter die Füße zu bekommen. Ihnen hatte die Seekrankheit den Meteor gründlich verleidet.
Mr. Forsyth und Dr. Hudelson ließen sich natürlich nicht abschrecken. Bis zu ihrem letzten Blutstropfen, so schworen sie, wollten sie ausharren.
Durch den Abgang der entmutigten Fahrgäste waren einige Kabinen frei geworden, die von der Schiffsgesellschaft sofort neu vermietet wurden.
Unter den neuen Passagieren befand sich niemand anderer als Mr. Seth Stanfort, der geschiedene Ehemann von Miss Arcadia Walker, der sich in Grönland amüsieren wollte. Die Mitteilung des berühmten Löwenthal hatte ihn zur Aufgabe seiner Japanreise veranlaßt. Abenteuerlustig, wie er war, hatte er sich sofort entschlossen, nach Grönland zu fahren.
48 Stunden nach der Einschiffung dieses Herrn glitt die *Mozik* an Portland vorüber. Man hoffte, von den Signalmasten an der Küste neue Nachrichten über den Meteor zu erhalten, aber es wurde nur eine einfache Grußflagge aufgezogen.
Auch in Halifax wünschten die Flaggen nur eine gute Reise.

Bei Kap Breton geriet das Schiff wieder in heftigen Seegang, und die Kranken an Bord stöhnten Tag und Nacht.
Der Kapitän hatte Mitleid und steuerte den Saint-Laurent-Golf an, um erst wieder durch die Belle-Ile-Enge unter dem Schutz von Neufundland aufs offene Meer zu kommen. Dann nahm er, die Davisstraße in ganzer Breite kreuzend, Kurs auf die Westküste Grönlands.
Am 7. August wurde Kap Confort gesichtet. Es konnte nicht die Rede davon sein, direkt an der Küste Grönlands entlangzufahren. Sie ist hier vollkommen unzugänglich und bietet Schiffen kaum einen Nothafen. Die offene See hat die Felsen stark zerklüftet, es gibt viele Untiefen.
Der Dampfer ankerte einige Stunden vor Goothbaab, wo der Schiffskoch eine Tonne Fisch kaufte.
Am 10. August endlich, um 18 h, ging die *Mozik* in Upernavik vor Anker.

16

Grönland heißt »Grünes Land«. Diese Bezeichnung konnte nur ein Scherz des Taufpaten, des Seefahrers Erik des Roten, sein. Grönland ist weiß, und Erik war sicher nicht rot, eher schon blau. Er soll das Land grün genannt haben, um Kolonisten anzulocken. Es kamen jedoch nicht viele, und die meisten froren so entsetzlich, daß sie gleich wieder umkehrten.
Dieses Land war gänzlich ungeeignet, einen Meteor von so großem Wert aufzufangen. Warum konnte der Meteor nicht einige 100 km weiter südlich auf Kanada oder die USA fallen? Die Reisenden waren froh, daß der Meteor wenigstens nahe Upernavik fallen sollte und im Monat August, wo die Temperatur über Null liegt. In den Gärten wachsen zu die-

ser Zeit einige karge Gemüse, und die Schneeschmelze legt am Ufer schmale Weideflächen bloß. Natürlich gibt es keine großen Viehherden in Grönland, nur ein paar Ochsen und Kühe. Dazu einige Hühnervölker und Rentiere, nicht zu vergessen die Schlittenhunde, die nur in großer Not geschlachtet werden. Nach zwei bis drei Sommermonaten fällt wieder der Winter über das Land mit endlosen Nächten, rauhen, aus der Polarzone herfegenden atmosphärischen Strömungen und mit durch Mark und Bein schneidenden Schneestürmen.

Es war immer noch nicht sicher, ob der Meteor wirklich in den Besitz Dänisch-Grönlands gelangen würde. Da war noch vieles möglich, denn Upernavik liegt nicht nur am Rand des Meeres, es befindet sich auf einer Insel, der Küste unmittelbar vorgelagert.

Traf die Goldkugel nicht mit mathematischer Genauigkeit auf die Insel, mußte sie unweigerlich im Meer versinken. Messungen hatten ergeben, daß in dieser nördlichen Gegend das Meer eine Tiefe von 2000–3000 m erreicht. Nun versuche mal einer, aus einem solchen Abgrund eine Kugel von fast 900 000 t Gewicht zu fischen!

Herr von Schnack, der Vertreter der Regierungsgewalt, machte sich hierüber ernste Sorgen. Francis Gordon und Jenny hingegen wünschten nichts sehnlicher, als daß der goldene Streitmeteor so tief wie möglich und auf Nimmerwiedersehen verschwinden möge. Dieser Wunsch wurde von den Touristen der *Mozik* natürlich nicht geteilt.

Die nicht untergehende Polarsonne machte eine Beobachtung des Meteors einfach, ein ideales Klima für eifrige Amateurastronomen.

Gleich nach der Ankunft drängten sich die Touristen in den wenigen Straßen Upernaviks. Noch nie hatten die Grönländer so viele Fremde gesehen, noch nie waren sie von so vielen Augen bestaunt worden. Die Männer waren klein, kräftig gebaut, hatten kurze Beine, zarte Hände, gelbliche Haut und breite, platte Gesichter, fast ohne Nasen. Ihre Augen waren braun und schmal geschlitzt. Mit ihren schwarzen, in das Gesicht fallenden Haaren ähnelten sie den Seerobben. Beide Geschlechter trugen die gleiche Kleidung. Seit Missionare das Land bereisen, sind die Tätowierungen aus der Mode gekommen. Tanz und Gesang sind beliebte Zerstreuungen. Die Grönländer trinken nur Wasser, essen das Fleisch der Robben und Fische und Algen. Im ganzen ein zwar naturverbundenes, aber trauriges Leben!

Die wenigen 100 Eingeborenen staunten nicht schlecht, als sie von dem Meteor hörten. Sie wußten sehr gut, was er wert war. Leider würden sie keinen Penny zu sehen kriegen, denn daß die Regierung das Gold einschließen würde, das war auch den Eskimos klar. Auf jeden Fall konnten sie aber den Touristen Andenken – z. B. Walroßzähne und Hundeschwänze – verkaufen. Das war kein schlechtes Geschäft.

Die Touristen warteten also auf den Meteor. Einige spielten Karten, andere gingen auf der Insel spazieren. Der Himmel war im allgemeinen dunstig, es nieselte öfters, und die Passagiere waren froh, wenn sie in ihren Kabinen saßen und Grog tranken.

Fünf Tage nach Ankunft der *Mozik*, am 16. August, wurde ein letztes Schiff unweit von Upernavik gesichtet. Es war ein Dampfer mit der Flagge der Vereinigten Staaten. Offensichtlich war das ein Schiff für die Nachzügler.

Einem Gerücht zufolge sollte sich an Bord der berühmte amerikanische Astronom Mr. Wharf befinden. Und wirklich, als der Dampfer angelegt hatte, eilte dieser Mr. Wharf sofort in das beflaggte Amtsgebäude des Herrn von Schnack.

Allgemeine Spannung. Sollte Mr. Wharf eine Nachricht bringen? Vielleicht hatte sich J. B. R. Löwenthal doch geirrt? Doch nichts geschah. Mr. Wharf war nur erschienen, um sich bei Herrn von Schnack als der berühmte Mann vorzustellen, der er war. Noch dreimal 24 Stunden, und alle mußten Gewißheit haben. Die Spannung wurde beinahe unerträglich. Nur Mr. Stanfort als geübter Globetrotter wartete gelassen. Er schlenderte am Ufer auf und ab, als die Passagiere der *Oregon* an Land übersetzten. Plötzlich blieb Mr. Stanfort stehen. Diese Dame dort, die kannte er doch?

Er näherte sich der Dame, verbeugte sich höflich, wie es seine gewandte Art war: »Miss Arcadia Walker, wenn ich nicht irre?«

»Ach, Mr. Seth Stanfort, sehr erfreut.«

»Welch ein Zufall, Sie hier zu treffen! Die Welt ist doch klein.«

»Wirklich.«

»Und wie geht es Ihnen?«

»Danke der Nachfrage, bestens. Und Ihnen?«

»Ich kann nicht klagen.« So unterhielten die beiden sich $^1/_2$ h wie gute alte Bekannte.

»Und der Meteor ist noch nicht heruntergefallen?«

»Sie sind rechtzeitig gekommen.« Die beiden Exgatten kannten bürgerliche Vorurteile nicht, und so begegneten sie sich freundlich wie eh und je.

Miss Walker hatte eine bestimmte Idealvorstellung von männlichen Wesen, der Mr. Seth Stanfort nicht entsprach, Miss Walker gab aber zu, daß sie ihr Ideal in der ganzen Welt noch nicht gefunden hatte. Mr. Stanfort war kein Supermann, aber doch ein ganz netter Kerl, und hier in Grönland war es gewiß von Vorteil, einen Herrn aus der besseren Gesellschaft zu treffen. Miss Walker reichte Mr.

Stanfort also ohne Zögern den Arm. Der 16. und 17. August verliefen ohne Zwischenfall. Nur das Wetter wurde schlecht, und das Thermometer sank. Auf dem nahen Berge lag bereits Neuschnee. Der Wind wehte alle Touristen zurück auf ihre Schiffe. An einen längeren Aufenthalt in diesen Breiten mochte niemand denken. Francis Gordon hatte große Angst, Mr. Forsyth und Mr. Hudelson könnten, um ihre Besitzansprüche zu verteidigen, den ganzen Winter hier ausharren.
In der Nacht zum 18. August brach ein gewaltiger Sturm los. 20 Stunden vorher war der Bostoner Sternwarte noch die Beobachtung gelungen, daß die Geschwindigkeit des Meteors beständig abnahm.
Am 18. wehte noch immer ein steifer Sturm, und die Kapitäne sorgten sich bereits um ihre Schiffe. In der Nacht ließ der Wind jedoch nach, und am Morgen um 5 h konnten die Passagiere bereits an Land gehen. Der 19. August war der vorausberechnete Tag. Um 7 h hörten alle einen dumpfen, gewaltigen Krach; die ganze Insel zitterte in ihren Grundfesten.
Kurz darauf hastete ein Eingeborener zum Haus des Herrn von Schnack. Er brachte die sensationelle Nachricht:
Die Goldkugel war auf die Nordwestspitze der Insel Upernavik gefallen.

17

Es entstand ein Wettrennen, wie es die Welt noch nicht gesehen hatte.
Die Eingeborenen, die Touristen und die Kapitäne (die ihre Schiffe nicht verlassen durften), alle gerieten außer Rand und Band. Die Matrosen ließen alles stehen und liegen und

schlossen sich dem Menschenstrom an, der dem eingeborenen Boten folgte.

In der allgemeinen Aufregung bemerkte niemand, daß gerade in diesem Augenblick wie auf ein geheimes Signal einer der in der Bai liegenden Dampfer, dessen Schornstein schon früh am Morgen zu qualmen begonnen hatte, die Anker lichtete und unter Volldampf aufs Meer hinaussteuerte. Es war ein schlankes und gewiß sehr schnelles Schiff. Schon nach wenigen Minuten war es hinter einigen Inseln verschwunden.

Warum verließ das Schiff Upernavik gerade im spannendsten Augenblick?

Niemand in der Menge stellte sich diese Frage. Alles drängelte vorwärts, Frauen und Kinder sogar (einige Neugeborene schrien heftig), man stieß sich mit den Ellenbogen, trat sich gegen die Schienbeine . . ., »Nur vorwärts!« war die Parole. Einer ließ sich jedoch nicht aus der Ruhe bringen: Mr. Seth Stanfort, der als erfahrener Tourist derartige Aufregungen schon mehrmals überlebt hatte. Er blieb in der Menge höflich, und wenn er jemanden anrempeln mußte, entschuldigte er sich bereits vorher! Selbstverständlich hatte Mr. Stanfort Miss Walker unter seinen Schutz gestellt.

Fünf Personen war es gelungen, sich an die Spitze des Zuges zu setzen. 1. war Herr von Schnack, der Vertreter Dänisch-Grönlands auf der internationalen Konferenz. Ihm mußten die Ungeduldigsten den Vortritt lassen.

Als 2. und 3., auf gleicher Höhe, folgten atemlos Mr. Forsyth und Dr. Hudelson, nach ihnen Francis Gordon, der Jenny mit sich riß.

»Dieser Schnack wird der erste sein!« brummte Mr. Forsyth.

»Damned, er wird als erster seine Hand auf die Kugel legen!« stöhnte Mr. Hudelson.

Die atmosphärischen Verhältnisse hatten sich günstig verändert. Die Sonne erhob sich zwar nur wenige Grade über den Horizont, aber es gab keinen Regen und keinen Wind mehr. Etwa 5 km waren zu marschieren. Der Eingeborene diente als Führer. Im Laufschritt ging es über den flachen Felsboden. Tausende von Vögeln flatterten erregt auf. In einer halben Stunde war man nur noch 1000 m von dem Meteor entfernt, der sich hinter einer Krümmung des hohen Ufers verbarg. Die Touristen mußten erst einmal ausruhen, denn seltsamerweise war es plötzlich ganz schön warm geworden.

»Sollte die Feuerkugel das Klima des Archipels verändert haben?« fragte Mr. Stanfort seine Begleiterin.

»Darüber würden sich die Grönländer sicherlich freuen!«

»Wahrscheinlich glüht der Meteor noch«, erläuterte Mr. Wharf aus Boston.

Alle anwesenden Grönländer schwitzten jedenfalls wie noch nie in ihrem Leben.

Mit frischen Kräften ging es weiter. Leider mußte die ungeduldige Menschenmenge nach 200 m wieder haltmachen. Ein Hindernis, völlig unerwartet, stellte sich dem Regierungsvertreter und den Touristen entgegen.

Nämlich ein Drahtzaun! Ein richtiger Zaun, der im weiten Bogen links und rechts zum Strand hinunterreichte. Alle 20 m stand ein Schild, auf dem es in 3 verschiedenen Sprachen lautete:

Privateigentum! Betreten streng verboten!

Ein privates Grundstück? Hier, in dieser Gegend? Das war doch zu ungewöhnlich. Herrn von Schnacks Mut war gebrochen. Er war ein Mann der Gesetze. Durfte er hier einfach in ein Privateigentum einbrechen, ohne damit die Grundsätze des bürgerlichen Lebens zu zerstören? Das Privateigen-

»Halt! Das ist mein Grund und Boden! Gibt es denn keine Gesetze mehr in Grönland?«

tum, so fühlte Herr von Schnack, mußte auch in Dänisch-Grönland heilig sein.
Allerdings: Sollte er hier einfach untätig stehenbleiben? Das war doch ein starkes Stück!
In der Menschenmenge wurde ein unruhiges Murren immer lauter. In den hinteren Reihen wußte man nicht, was vorn geschah, und man drückte voran. Energische Proteste wurden hörbar, als die Nachricht von dem Zaun sich herumgesprochen hatte.
Sollte man hier denn ewig stehenbleiben? Sollte man nach einer 6000 km langen Reise sich hier lächerlich machen? Man mußte die Reiseleitung verklagen! Wer konnte denn behaupten, daß dem Besitzer des Grundstückes auch die Feuerkugel gehörte?
Herr von Schnack kämpfte mit sich. Seine Grundsätze gerieten ins Wanken. Genau vor ihm, mit einem Strick zugebunden, befand sich ein kleine Tür. Herr von Schnack nahm sein Taschenmesser und zerschnitt den Strick, ohne daran zu denken, daß er damit zu einem gewöhnlichen Einbrecher wurde. Als 1. betrat er das verbotene Gebiet. Die Menge drängte nach, einige zwängten sich durch die Tür, die Mehrzahl der 3000 Menschen hüpfte über die Drähte und überschwemmte in wenigen Minuten das Privateigentum.
Da – plötzlich blieben alle stehen und schwiegen.
100 m vom Drahtzaun entfernt stand ein Blockhaus, dessen Tür sich gerade öffnete. Ein Mann von seltsamem Äußeren trat heraus.
»Halt, das ist eine Unverschämtheit! Das ist hier mein Grund und Boden! Gibt es denn keine Gesetze mehr in Grönland?«
Die wenigsten verstanden den Mann, denn er sprach Französisch. Herr von Schnack (der gebildete Diplomat) hatte

jedoch diese schöne Sprache gelernt. Er blieb vor Schreck wie erstarrt stehen und mit ihm die Menge, die aus 3000 fahlen Gesichtern den fremden Mann anstarrte.

18

Zephyrin Xirdal wäre, hätte er allein reisen müssen, wohl nie ans Ziel gelangt. Aber sein guter Geist, der Bankier Robert Lecoeur, hatte alle Schwierigkeiten gemeistert. Bei einem so großen Geschäft, wußte der Bankier, lohnt die Mühe.
Im Schnellzug waren die beiden nach Le Havre gefahren. Dort wurden sie an Bord eines prachtvollen Dampfers empfangen. Die Taue wurden sofort losgeworfen, und ohne andere Passagiere abzuwarten, steuerte man aufs Meer.
Die *Atlantic* war kein gewöhnlicher Liniendampfer, sondern eine von Bankier Lecoeur gecharterte Luxusjacht. Der Bankier hatte sich diesen Spaß etwas kosten lassen.
Die *Atlantic* war der Phantasie eines steinreichen, aber bargeldlosen englischen Lords entsprungen. Die Jacht war außergewöhnlich schnell: Mit 4000 PS ließ sich eine Geschwindigkeit von mehr als 20 Knoten erreichen.
Zephyrin Xirdal hatte sich über das elegante Schiff keineswegs verwundert gezeigt und sich gleich in seine Kabine zurückgezogen.
Die Entfernung zwischen Upernavik und Le Havre beträgt ungefähr 800 sm. Die *Atlantic* konnte sie in 6 Tagen zurücklegen. Da man es aber vorerst nicht eilig hatte, brauchte man für die Strecke nach Grönland 12 Tage. Erst am Abend des 18. Juli trafen die Reisenden in Grönland ein.
Seit 12 Tagen brachte Zephyrin Xirdal die Zähne nicht mehr auseinander. Bei den gemeinsamen Mahlzeiten in der Kajüte

des Kapitäns bemühte sich der Bankier vergeblich, Xirdal zum Sprechen zu bringen. Sein Neffe löste irgendwelche Probleme. Welche? Wir werden es nie erfahren. Vielleicht hatten sie etwas mit dem Meer zu tun, denn Zephyrin Xirdal stand jetzt öfter am Bug der Jacht, starrte in das Wasser und murmelte Unverständliches. Welche Erfindungen mochte Zephyrin der Menschheit noch schenken? Der Bankier wußte es nicht.

Am Tag der Ankunft in Upernavik holte der Bankier den schwarzen Kasten hervor, enthüllte ihn vor den Augen Xirdals – und wirklich, der erinnerte sich plötzlich an den Zweck der Reise.

»Wo sind wir eigentlich?«

»In Upernavik!«

Nun stellte man sich bei dem Inspektor der Insel und nebenberuflichen Landschaftsmakler, Herrn Biarn Haldorsen, vor und machte ihm mit Hilfe eines Dolmetschers klar, daß man ein gekauftes Grundstück in Besitz nehmen wolle.

Herr Biarn Haldorsen zweifelte zwar nicht an der Echtheit der mit vielen Stempeln und Unterschriften versehenen Urkunde, aber der Inhalt des Schriftstückes ließ nach seiner Meinung verschiedene Ausdeutungen zu. Die Urkunde besagte, daß die grönländische Verwaltung, vertreten durch ihren diplomatischen Agenten in Kopenhagen, dem Herrn Zephyrin Xirdal, Paris, ein Grundstück von 9 km^2 überließ, eingeschlossen von je 3 km langen Seiten, die sich nach dem Kardinalpunkt orientieren und sich in gleicher Entfernung von einem in der Mitte unter 72° 51′ 30″ nördlicher Breite und 55° 35′ 18″ westlicher Länge gelegenen Punkt berühren.

Herr Biarn Haldorsen erkannte das alles an. Er hatte einmal von gewissen Breiten und Längen gehört, im übrigen war ihm höhere Mathematik fremd, und es war ihm vollkommen

gleich, ob die Längen nun Tiere oder Pflanzen, die Breiten Steine oder Möbelstücke waren.
Zephyrin Xirdal erteilte dem Verwaltungschef im hohen Norden einen kleinen Nachhilfeunterricht in der Kartographie und bot dann an, mit Hilfe der Meßgeräte der *Atlantic* das Grundstück ausfindig zu machen. Ein dänischer Kapitän sollte das Ergebnis kontrollieren.
Darüber wurde man handelseinig.
In zwei Tagen hatte Zephyrin Xirdal seine Arbeit beendet. Eine große Schwierigkeit war allerdings aufgetaucht. Der Punkt, der die Koordinaten 72° 51′ 30″ nördlicher Breite und 55° 35′ 18″ westlicher Länge aufwies, lag mitten im Meer, 250 m von der Insel Upernavik entfernt.
Bankier Robert Lecoeur fiel aus allen Wolken. Natürlich machte er sich heftige Vorwürfe. Nun war man in diese Gegend gekommen, um mit anzusehen, wie die Goldkugel ins Meer stürzte. Ein grober Patzer von Zephyrin Xirdal!
Die Erklärung dafür ist, daß Xirdal nicht wußte, daß Upernavik eine Insel ist. Er hatte sich auf die schlechte Karte seines Schulatlas verlassen, was man eben nie tun soll. Möge der Leser es für alle Zeiten in sein Gedächtnis eingraben, daß Upernavik eine Insel ist!
Nun war guter Rat teuer. Xirdal war so unvorsichtig gewesen, die Bildung des Inspektors zu vervollständigen. So konnte man ihn jetzt nicht mehr übers Ohr hauen.
Also mußte man wohl oder übel ein Grundstück übernehmen, das zur Hälfte im Wasser lag. Xirdal erhielt tatsächlich nur ein 272 Hektar großes Landstück anstelle der 9 km^2. Der von Xirdal errechnete Punkt, an dem der Meteor herabfallen mußte, lag mitten im Meer. Das Grundstück war also wertlos, das ganze Geld quasi zum Fenster hinausgeworfen.

Nur der Zufall konnte das Gold noch an Land werfen!
»Was tun wir jetzt?«
»Ich weiß es auch nicht!«
»Du mußt etwas unternehmen.«
»Zuerst müssen wir einen Zaun errichten und Schilder malen lassen, dann werden wir eine Hütte für uns aufbauen. Alles andere wird sich finden.« Herr Lecoeur ging sofort an die Arbeit. Gegen einen hohen Arbeitslohn halfen einige Grönländer, den Zaun zu ziehen.
In der neuen Blockhütte hockte Zephyrin Xirdal mehrere Tage und prüfte seine Berechnungen. Kein Fehler, der Meteor würde ins Meer stürzen. Zephyrin Xirdal war stolz, daß er sich nicht geirrt hatte.
»Wir müssen den Meteor aber in unseren Besitz bringen, mein Junge!«
Zephyrin Xirdal blickte unruhig.
»Na, na, Zephyrin, wirf nicht gleich die Flinte ins Korn. Wir haben einen Schnitzer gemacht, den müssen wir korrigieren. Wenn du den Meteor aus Tausenden von Kilometern 'runterholen konntest, wirst du seine Bahn auch um einige 100 m verschieben können!«
»Das sagen Sie so, Sie haben gar keine Ahnung! Jetzt wirkt die Anziehungskraft der Erde auf die Kugel ein, und es bleibt uns kaum noch Zeit. Wie ein Stein muß der Meteor fallen.«
»Du kannst also nichts tun?«
»Eine kleine Hoffnung bleibt. Die Sache ist zwar schwierig, doch ich will sehen, was ich ändern kann.«
Eifrig stürzte sich Xirdal in die Arbeit, und am 17. August konnte er hoffen, daß die Goldkugel wirklich aufs Land fallen würde. Zu allem Unglück aber kam der heftige Sturm auf, und Xirdal mußte fürchten, daß die Luftbewegungen

den Meteor beeinflußten. Der Sturm legte sich wieder. Der Fall erfolgte genau zu der von Zephyrin Xirdal vorausgesagten Stunde. Um 6 h 57′ 35″ zerriß ein blendender Lichtschein den Himmel. Bankier Lecoeur und sein Neffe standen geblendet vor ihrer Hütte. Gleichzeitig krachte ein dunkler Donner, und die Erde bebte.

Der Meteor war herabgestürzt.

500 m entfernt lag ein Block gleißenden Goldes.

»Er brennt«, stammelte der Bankier hoch erregt.

Tatsächlich, die Goldkugel glühte. Ihre Temperatur mochte über 1000° betragen. Deutlich zeigte sich die poröse Struktur (die Sternwarte von Greenwich hatte den Meteor ganz richtig mit einem Schwamm verglichen!).

Zahllose Kanäle und Hohlräume durchsetzten die Kugel. Zischend entwich nach allen Seiten die Luft. Bei ihrem schnellen Fall war die Kugel stark abgeplattet, doch hatte sich die ursprüngliche Kugelform noch gut erhalten.

»Sie wird ins Meer gleiten!« rief Bankier Lecoeur.

Xirdal schwieg.

»Du hast gesagt, sie würde 50 m vom Ufer entfernt herabfallen!«

»Sie ist 10 m entfernt; der Sturm hat sie abgelenkt!«

Bankier Lecoeur war jetzt ernstlich besorgt. Die Feuerkugel war nur 10 m vom Ufer entfernt auf den abschüssigen Boden gefallen. Da ihr Radius — wie man in Greenwich errechnet hatte — 55 m maß, reichte sie 45 m ohne Stütze über den Rand hinaus. Die gewaltige Metallmasse war über das Steilufer geglitten und hing jetzt frei über dem Meer. Der andere Teil der Kugel war in den Boden gerammt. Da die Metallmasse sich nicht weiter zum Meer senkte, mußte sie sich im Gleichgewicht befinden — aber, wie Bankier Lecoeur

dachte, gerade so auf Messers Schneide. Einige Zentimeter mehr, und sie sauste auf ewig hinab.
Plötzlich besann sich der Bankier auf seine Pflicht. Er rannte hinter das Blockhaus und hißte die französische Fahne an einem Mast, der von den vor Upernavik liegenden Schiffen gesehen werden konnte. Daraufhin war die *Atlantic* sofort ausgelaufen, um die nächstgelegene Telegrafenstation zu erreichen. Von dort aus wurde in verschlüsselter Sprache an das Bankhaus Robert Lecoeur, Rue Drouot, Paris, France, folgendes Telegramm abgesandt:
PAKET ANGEKOMMEN STOP VERKAUFT
STOP ONKEL ROBERT
In Paris sollte man auf dieses Telegramm hin sofort an der Börse spekulieren. Viele Millionen waren Bankier Lecoeur sicher.
Zephyrin Xirdal, uninteressiert an derartigen finanziellen Details, war immer noch in den Anblick der glühenden Kugel versunken, als er hinter sich ein vielstimmiges Gemurmel hörte.
»Verdammtundzugenähtundtausendmalverflixtermistbeetkäfer!« Hatten es doch der Herr Ewald von Schnack sowie 3000 Touristen gewagt, in sein Grundstück einzudringen! Schnellen Schrittes eilte Z. Xirdal den Eindringlingen entgegen.
»Wie kommt es, mein Herr, daß Sie hier eingedrungen sind? Schämen Sie sich denn überhaupt nicht?«
»Verzeihen Sie, mein Herr!« Der offizielle Vertreter von Dänisch-Grönland schlug die Augen nieder. »Wir dachten, daß unter den außergewöhnlichen Umständen . . .«
»Unter welchen Umständen denn?«
»Mein Herr, wissen Sie denn nicht, daß die Whastoner Feuerkugel soeben hier niedergefallen ist?«

»Ach, das meinen Sie. Das ist doch ein bedeutungsloses Ereignis.«
»Eine Goldkugel, mein Herr!«
»Ein Meteor bleibt ein Meteor.«
»Da sind wir hier ganz anderer Meinung. Sehen Sie diese Touristen, die zahlreiche Strapazen auf sich genommen haben, um den Meteor zu sehen!«
»Das freut mich aber außerordentlich, da können alle noch dazulernen.«
»Ich bin natürlich in offiziellem Auftrag hier.«
»So? Was soll das heißen?«
»Im Namen Dänisch-Grönlands – dessen Vertreter ich bin – erkläre ich, daß die Goldkugel Besitz meiner Regierung ist.«
»Sie haben wohl einen kleinen Dachschaden, mein Herr?«
Der Leser wird sich vorstellen können, daß Herr von Schnack hier stutzte.
»Die Feuerkugel ist auf grönländisches Gebiet gefallen, also gehört sie dem Staat. Das ist doch wohl klar!«
»Sie irren, Herr Vertreter. Dieses Stück Land habe ich gegen bar gekauft. Also gehört der Meteor mir.«
»Ihnen? Bei Ihnen piept es wohl!«
»Kein anderer als ich hat den Meteor auf die Erde gelenkt, merken Sie sich das! Ich habe ihn gezwungen, hierher zu fallen!«
»Was reden Sie da?«
»Ich bin der Urheber des Falles, Herr Vertreter, das habe ich der internationalen Konferenz in Washington auch mitgeteilt, in einem dringenden Telegramm!«
»Mein Herr, ich war persönlich Delegierter in der amerikanischen Hauptstadt; ich habe von einer derartigen Depesche keine Kenntnis erhalten.«

Herr Ewald von Schnack log nicht. Er hatte nämlich, etwas schwerhörig, kein Wort des Telegramms verstanden, das Präsident Harvey verlesen hatte.
»Auf jeden Fall werde ich meine Rechte wahrnehmen!«
»Machen Sie sich nicht lächerlich, ein einziger Mensch im Besitz von 6 Trillionen Franc?«
»Na und . . .?«
»Verduften Sie jetzt, mein Herr.« Herr von Schnack tippte an seinen grünen Lodenhut und wanderte weiter auf den Meteor zu, hinter ihm die 3000 Touristen.
Wütend ging Zephyrin Xirdal in die Blockhütte zurück. Die Volksmenge drang weiter vor, an der Spitze Schnack und nun auch Mr. Wharf, gleich dahinter Mr. Forsyth und Dr. Hudelson, dann Omikron und Jenny, Francis Gordon, Seth Stanfort und Arcadia Walker. Jetzt war es unmöglich, weiterzugehen. Die Hitze war unerträglich.
Kaum 400 m entfernt lag die Kugel, sie strahlte so hell, daß die Augen es kaum vertragen konnten.
»Wenige Zentimeter, und sie wäre ins Meer gefallen!« murmelte Francis Gordon.
Dean Forsyth und Sydney Hudelson standen wie hypnotisiert, beide hatten versucht, weiter vorzudringen, doch sie wären wie Roastbeef gebraten worden. Einige Monate würde das Abkühlen des Meteors sicherlich dauern.
Nach drei Stunden standen die Neugierigen immer noch an derselben Stelle. Erst am Abend kehrten sie langsam auf ihre Schiffe zurück. Tief in der Nacht, müde und hungrig, räumten auch die beiden Astronomen aus Whaston ihre Stellungen. Schon am frühen Morgen kehrten sie zum Meteor zurück, wo sie 50 bewaffnete Soldaten der dänisch-grönländischen Armee vorfanden. Gegen wen wollte diese Kriegsmacht den Meteor schützen? Gegen Zephyrin Xirdal

etwa? Dazu waren 50 Mann sicherlich nicht nötig. Die große Hitze hielt außerdem alle Abenteuerlustigen zurück.
Herr von Schnack hatte übrigens ein Schiff abgesandt, das der Welt die Nachricht vom Eintreffen des Meteors mitteilen sollte. Durchkreuzte das Bankier Lecoeurs Pläne? Überhaupt nicht, denn die *Atlantic* war zweifellos schneller.
Gegen Mittag ging ein Kreuzer der Vereinigten Staaten von Amerika vor Anker. Er spuckte 20 bewaffnete Männer aus, die in der Nähe des Meteors ein Biwak aufschlugen. Herr von Schnack, der sich eigentlich hätte freuen sollen über derart viel Bewachung, fürchtete ernste Verwicklungen zwischen seiner und der amerikanischen Regierung. Gleich morgen wollte er auf dem Kreuzer eine Beschwerde vortragen.
In der Nacht traf ein weiterer Kreuzer ein: Er gehörte der britischen Majestät. 20 Soldaten eilten im Laufschritt in die Nähe des Meteors. Der Kommandant wollte die Amerikaner nicht allein in der Nähe des Meteors lassen.
Herr von Schnack stutzte. Was hatte das zu bedeuten? Seine Besorgnis stieg, als am Nachmittag ein weiterer Kreuzer auftauchte. Dieses Mal schickten die Franzosen 20 Soldaten. Die Sache wurde verzwickt.
In der Nacht vom 21. zum 22. erschien ein russischer Kreuzer, eine Nacht später ein deutscher, dann folgten japanische, italienische, spanische und argentinische Kriegsschiffe. Zuletzt traf ein holländisches ein.
Am 25. August lagen 16 Kriegsschiffe auf der Reede von Upernavik. Jedes Schiff hatte seine 20 Mann an Land geschickt. So befanden sich 320 Seeleute und 16 Offiziere fremder Staaten auf grönländischem Boden.
Herr von Schnack geriet ganz schön ins Schwitzen. Dauernd mußte er sich beschweren.
Jedes Schiff brachte neue Nachrichten. Die internationale

Konferenz tagte noch immer, war aber einer Lösung des Besitzproblems ferner denn je.
Anfangs hatte der amerikanische Kommandant noch seine Kollegen von den anderen Schiffen zum Essen eingeladen, der holländische Kapitän bot Kaffee und Kuchen an, der Franzose gab einen Apéritif, und die Deutschen schenkten Pils aus, aber in den folgenden Tagen verhielten sich alle abwartend. Die Kapitäne wußten nicht genau, ob sie nun Krieg gegeneinander führen oder nur Herrn von Schnack mundtot machen sollten.
Alle warteten auf neue Befehle.
Zephyrin Xirdals Zorn legte sich nicht. Nur mit Mühe konnte ihn der Bankier vor einer wilden Raserei unter den Soldaten aufhalten.
»Die Welt ist voller Diebe, lieber Onkel, das sage ich Ihnen, und die Regierungen sind die größten.«
»Vorsicht, mein Junge, so etwas sagt man nicht!«
Xirdal blieb bei seiner Meinung.
Herr von Schnack – obwohl selbst Regierungsvertreter – kam langsam zur gleichen Ansicht. In ihm stieg der Verdacht auf, daß jede einzelne Truppe nichts anderes im Sinn hatte als den Diebstahl des Goldes. Wie sollte er mit seinen 50 Mann gegen 320 Seeleute, 16 Offiziere und die Kanoniere und Torpeder auf den Schiffen kämpfen? Als Herr von Schnack eines Tages zufällig den englischen und den französischen Kommandanten am Ufer traf, konnte er nicht anders: Er mußte sich beschweren. (Zu allem Ärger hatten in den Nächten jetzt schon öfters betrunkene Truppenteile die braven Grönländer im Schlaf gestört!)
Er solle sich nicht so aufregen, antworteten die Kommandanten, sie befolgten nur die Befehle ihrer Admiralitäten. Dienst sei Dienst, und da nütze kein Heulen und Zähne-

klappern. »Alle Rechte werden gewahrt, mein Kommandantenwort!«
In diesem Augenblick drängte sich ein Herr in die Gruppe.
»Gestatten, mein Name ist Forsyth, Astronom aus Whaston. Ich bin der rechtmäßige Eigentümer der Goldkugel!«
»Wir kennen Ihren Namen sehr gut, Mr. Forsyth. Sicherlich können Sie Ihre Rechte anmelden . . .«
»Rechte! Daß ich nicht kichere!« rief da ein zweiter Herr, niemand anderer als Mr. Sydney Hudelson.
»Sie wagen es, mir unter die Augen zu treten?«
»Sie Vorstadt-Rohrleger!«
»Sie hohler Wanderpokal!«
»Bei Ihnen fehlt wohl ein Knopf an der Weste!«
»Und Sie haben ein schiefes Hosenbein!«
»Sie, ich drehe Sie durch die Maschine!«
»Ich tunke Sie in die Salatsoße!«
Die beiden Rivalen hätten jetzt ihre Degen gezogen, aber die Zeit der Duelle war vorbei.
»Onkel, zurück!« rief Francis Gordon.
»Papa, zurück!« rief Jenny Hudelson.
Die beiden gehorchten sofort.
»Wissen Sie, wer diese Leute sind, Mr. Stanfort?« sagte in diesem Augenblick Zephyrin Xirdal.
»Das sind die beiden Amateure aus Whaston. Sie können sich nicht über die Priorität an der Entdeckung einigen. Z. Xirdal zuckte nur mit den Achseln. »Offensichtlich fehlen bei denen einige Kuchengabeln auf dem Tablett.«
Zephyrin war über die Entwicklung ernsthaft böse.
»Jetzt reicht's mir aber, dauernd Krach und Zank!« Er stürmte davon in sein Blockhaus.
»Lieber Onkel, ich habe es satt, der Meteor hängt mir zum Hals heraus.«

»Um Gottes willen, was ist passiert?«
»Nur Unheil bringt dieses Ding, setzt die Welt in Flammen, Krieg droht, Ehen zerbrechen, Heiraten kommen nicht zustande, Kinder werden nicht gezeugt, es reicht! Ich werde die Kugel ins Wasser werfen!«
Robert Lecoeur fuhr in die Höhe. Fast lähmte ihm der Schreck das Herz. Er war wachsbleich geworden. »Das wirst du sein lassen!«
»Im Gegenteil, niemand kann mich daran hindern!«
Da blitzte ein genialer Gedanke im Gehirn des Bankiers auf.
»Du bist also entschlossen? Läßt du mir einige Tage Zeit?«
»Bis zum 3. September. Ich muß meine Maschine noch umbauen.«
Sofort eilte der Bankier zum Hafen, ließ sich zur *Atlantic* übersetzen. Bald qualmte der Schornstein in dicken Wolken, und sobald Lecoeur das Schiff wieder verlassen hatte, ging es mit Volldampf ab.
Wie alles Geniale, war die Idee Lecoeurs denkbar einfach.
Er schickte an sein Bankhaus folgendes Telegramm:
SENSATION ZU ERWARTEN STOP
KAUFT MINENANTEILE SO VIELE WIE
MÖGLICH STOP LECOEUR
Dieser Auftrag war leicht auszuführen. Alle Goldminenaktien wurden zu Spottpreisen angeboten, seit der Meteor gelandet war. Welchen Boom mußten die Papiere bekommen, wenn der Meteor verschwand!
Robert Lecoeur hatte für gute Geschäfte einen sicheren Blick. In Paris kaufte der Prokurist (wenn auch mit zitternden Händen) gegen bar ganze Berge von Goldaktien. Nach 48 Stunden wunderte man sich bereits an allen Welt-

Dean Forsyth und Sydney Hudelson standen hypnotisiert. Beinahe wären sie zu Roastbeef gebraten worden

börsen über die Ankäufe. Lecoeur war bekannt für seine gute Nase. Was hatten diese Käufe zu bedeuten? Die Kurse zogen schon wieder leicht an. Aber Lecoeur hatte sich eingedeckt. Der Coup war gelungen. Zephyrin Xirdal hatte seine Maschine unterdessen umgebaut. »Sehen Sie, lieber Onkel, jetzt kann ich mit diesem Apparat einen Blitzstrahl erzeugen – Sie kennen doch die elektrischen Gesetze –, dessen Kraft den Meteor ins Meer schleudern muß. Die Entfernung zwischen uns und dem Meteor beträgt genau 511 m und 41 cm. Danach habe ich die Stromstärke berechnet. Passen Sie auf, ich schalte ein.«

»Der Meteor rührt sich aber nicht!«

»Passen Sie nur auf, ich schalte noch ein Atomgeschoß dazu, das hilft bestimmt!«

In dem schwarzen Kasten begann es zu knistern.

»Jetzt gibt es gleich etwas zu lachen!«

19

Ein schreckliches Gebrüll der Menge erschütterte die Luft.

Alle Augen richteten sich auf die Goldkugel. Sie hatte zu zittern begonnen!

War das eine Sinnestäuschung? Neigte sich die Kugel, um ins Meer zu stürzen?

»Das wäre das beste!« sagten Mr. Seth Stanfort, Miss Arcadia Walker, Francis Gordon und Jenny Hudelson. Wirklich: Das Gold glitt langsam nach der Seite des Meeres, der Erdboden gab nach.

Welch ein Jammergeschrei ertönte! Die Frauen rauften sich die Haare, die Offiziere schluckten ihre Schnurrbärte, die Soldaten fluchten, die Grönländer staunten, Herr von

Schnack fiel in Ohnmacht, Mr. Dean Forsyth und Mr. Hudelson riefen um Hilfe.
Völlig von Sinnen rannte Doktor Hudelson auf die Feuerkugel zu, durchbrach die Postenkette. Er kam aber nicht weit. Mit angesengten Haaren brach er nach einigen Metern bewußtlos zusammen.
Mr. Forsyth hätte darüber zufrieden sein können. Aber im Herzen war er ein guter Mann. Als er seinen Gegner wie tot liegen sah, hatte er doch Mitleid. Sofort rannte er seinem ehemaligen Freund zu Hilfe. Kaum hatte er ihn erreicht, als er selbst in der Hitze ohnmächtig zusammensank. Nun stürmte Francis Gordon vor und Mr. Stanfort gleichfalls. Jenny und Arcadia schwebten in tausend Ängsten. Die beiden Männer krochen, ein Taschentuch vor den Lippen, bis an die beiden Ohnmächtigen heran und zogen sie in letzter Minute zurück. Der Meteor neigte sich immer stärker, schien einzuhalten, doch da brach mit fürchterlichem Getöse der Uferfelsen, und das Metall stürzte ins Meer.
Der Höllenlärm einer entsetzlichen Explosion, lauter als der Donner, riß die Menge auf der Stelle um. Ein heftiger Wind wehte über die Insel.
Die Feuerkugel war zersprungen. Das Wasser war in die Löcher des Meteors gedrungen, hatte sich dort in Dampf verwandelt. Der Meteor war explodiert wie ein überheizter Kessel. Jetzt fielen die Trümmer in Garben unter betäubendem Sausen und Zischen wieder ins Wasser zurück.
Das Meer schäumte auf, Unkluge, die sich ans Ufer gewagt hatten, kletterten hastig die Wände wieder empor, andere wurden einfach fortgerissen. Miss Arcadia Walker wurde von der fliehenden Volksmenge umgeworfen, und sie wäre zerstampft worden, wenn nicht Mr. Seth Stanfort gewesen wäre. Er konnte sich an Miss Walker heranarbeiten, ein

Wirbel Wasser flutete über beide, doch in den starken Armen Stanforts war Arcadia sicher. Vor Angst war Miss Walker ohnmächtig geworden. Als sie wieder erwachte, drückte sie Mr. Stanfort vielsagend die Hände.

Der wunderbare Meteor war verschwunden. Seine Trümmer ruhten auf dem Grund des Meeres, und es gab keine Möglichkeit, sie von dort heraufzuholen.

Herr von Schnack, Mr. Forsyth und Dr. Hudelson suchten am Strand vergeblich nach dem kleinsten Stück Gold.

Würde man den Reisenden in der Heimat diese Abenteuer überhaupt glauben?

20

Nachdem ihre Neugier befriedigt war, konnten die Touristen nun wieder nach Hause fahren.

War man befriedigt? Die Meinungen gingen auseinander. Einige fanden, daß die Reise doch ein wenig zu teuer gewesen sei. Andere waren enttäuscht, daß sie kein Gold abbekommen hatte. Einige waren aber auch froh, daß die internationalen Goldpreise nicht in Mitleidenschaft gezogen waren.

Mr. Forsyth und Dr. Hudelson empfanden lebhaften Schmerz über das Verschwinden des Meteors. Nicht einmal für einen Manschettenknopf, eine Krawattennadel war Gold übriggeblieben. In ihrem Schmerz vergaßen die beiden Rivalen ihre Gegnerschaft vollständig. Sie trösteten sich jetzt gegenseitig.

»Ein großes Unglück«, sagte Dr. Hudelson, »daß die Forsythsche Feuerkugel verschwunden ist!«

»Der Hudelsonsche Meteor, mein Freund!« sagte Mr. Forsyth.

Die Goldkugel war im Meer verschwunden. Kein Stückchen Gold war am Strand zu finden

»Du hast sie aber zuerst entdeckt!«
»Aber nein, mein Schreiben an die Sternwarte von Cincinnati ist ungenau. Du bist der Entdecker!«
Einer Heirat zwischen Jenny Hudelson und Francis Gordon stand nun also nichts mehr im Wege.
Am Morgen des 4. September lichteten alle vor Upernavik liegenden Dampfer und Kriegsschiffe die Anker und wandten sich nach Süden. Nur Zephyrin Xirdal und Robert Lecoeur mußten noch eine Nacht auf die *Atlantic* warten. Das Meer hatte nach der Explosion des Meteors die Blockhütte weggespült, und die beiden waren bis auf die Knochen durchnäßt worden. Eine ungemütliche Nacht also. Es fehlte ihnen eine Decke, und so standen die beiden die ganze bleiche Polarnacht am Ufer.
Alles Gepäck, die Fernrohre und Xirdals Apparat waren im Wasser versunken. Xirdal lachte darüber nur, aber Robert Lecoeur bejammerte den Verlust.
»Ich kann doch eine neue Maschine bauen!«
Sicherlich wäre das Zephyrin Xirdal auch gelungen. Nur: Er vergaß es leider. So hat bis heute die Menschheit einen derartigen Apparat nicht gesehen! Robert Lecoeur drängte seinen Neffen immer wieder, einen neuen Apparat zu bauen. Aber Xirdal nahm sein Geheimnis mit ins Grab.
Die Menschheit hat also einen großen Verlust erlitten.
Aber Bankier Lecoeur hatte Millionen verdient. Diese Millionen fand er bei seiner Rückkehr in die Rue Drouot in Paris vor. Bald sollte das Bankhaus Lecoeur neben den mächtigsten Geldinstituten der Welt stehen! Zephyrin Xirdal war an diesem Reichtum nicht unbeteiligt. Lecoeur richtete ihm daher ein Laboratorium ein, wo er ungestört für die Bank arbeiten konnte. Alle Erfindungen wurden von

der Bank finanziert und brachten natürlich auch viel klingende Münze.
Zephyrin Xirdal konnte von seinem Bankkonto so viel Geld abheben, wie er brauchte, und das war nicht viel. Noch immer wohnte er in der Rue Cassette. Witwe Thibaud erschien wie immer, um mit ihm zu schwatzen. Nach einigen Tagen hatte die Welt den Meteor vergessen. Niemand sprach mehr von ihm, als am 18. September die *Mozik* in Charleston Anker warf.
An Bord dieses Schiffes befand sich auf der Rückreise auch Miss Arcadia Walker, die Herrn von Schnacks Kabine übernommen hatte. Der Beamte war zum Bericht zu seinem Minister bestellt worden.
Schon am nächsten Tag waren die Reisenden in Whaston. Und am 30. September läuteten alle Glocken von Saint Andrew zur Hochzeit von Jenny und Francis. Alle Bewohner der Stadt waren Zeuge dieses glanzvollen Festes.
Fast gleichzeitig wurde an einem anderen Ort eine andere Trauung vollzogen. Richter John Proth vermählte Mr. Stanfort mit Miss Walker. Dieses Mal waren sie weder zu Pferd noch im Ballon gekommen, sondern im Brautwagen. Arm in Arm hatten sie das Haus des Richters betreten, um dort ihre Papiere vorzulegen. Der Beamte traute das Paar, wie es seine Pflicht war.
»Herzlichen Dank!«
»Danke schön, Mr. Proth!«
»Leben Sie wohl!« antwortete John Proth. Dann ging er in seinen Garten, um sich seinen Blumen zu widmen. Als er die Gießkanne zum dritten Mal gefüllt hatte, zögerte er vor den Geranien.
»Leben Sie wohl?« murmelte er. »Vielleicht hätte ich besser sagen sollen: AUF WIEDERSEHEN!«

Fischer Taschenbuch Verlag

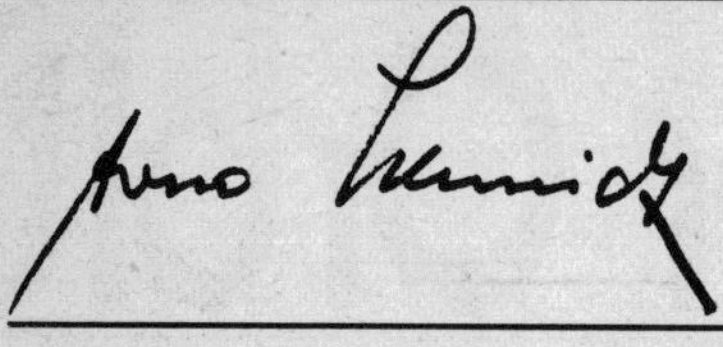

Die Gelehrtenrepublik
Kurzroman aus den Roßbreiten
Bd. 685

Seelandschaft mit Pocahontas
Erzählungen
Bd. 719

Tina – oder über die Unsterblichkeit
Nachrichten von Büchern und Menschen
Bd. 755

Das steinerne Herz
Roman
Bd. 802

Sitara und der Weg dorthin
Eine Studie über Wesen, Werk & Wirkung Karl Mays
Bd. 968

Sommermeteor
23 Kurzgeschichten
Bd. 1046

KAFF auch Mare Crisium
Bd. 1080

Orpheus
Fünf Erzählungen
Bd. 1133

Aus dem Leben eines Fauns
Kurzroman
Bd. 1366

Nachrichten von Büchern und Menschen 1
Zur Literatur des 18. Jahrhunderts
Bd. 1164

Nachrichten von Büchern und Menschen 2
Zur Literatur des 19. Jahrhunderts
Bd. 1217

Fischer Taschenbuch Verlag

Unterhaltung.

M. Y. Ben-gavriêl
Frieden und Krieg des Bürgers Mahaschavi. Alte und neue Abenteuer
Roman. Bd. 1113

Clément Brunoy
Salyne
Roman. Bd. 1292

Elizabeth Cadell
Der unmögliche Professor
Bd. 1331

Patrick Skene Catling
Das Experiment
Roman. Bd. 1161

Max Catto
Mister Moses
Roman. Bd. 1172

Gabriel Chevallier
Die Mädchen sind frei
Bd. 1330

Francis Clifford
Männer sind einsam
Bd. 1215

Draginja Dorpat
Ellenbogenspiele
Roman. Bd. 1131

Manfred Grunert
Die verkommenen Engel
Roman. Bd. 1246

Joseph Heller
Catch 22
Roman. Bd. 1112

Die Herznaht und andere Arztgeschichten
Vorwort von Walter Vogt
Bd. 1070

James Jones
Kraftproben
Roman. Bd. 1188

Lynn Keefe
Mir hat es immer Spaß gemacht
Bd. 1200

Rachel Maddux
Die Frau des anderen
Roman. Bd. 1009

Klaus Rifbjerg
Unschuld
Roman. Bd. 1141

Luise Rinser
Die vollkommene Freude
Roman. Bd. 1235

Michael Rumaker
Gringos
Erzählungen. Bd. 1101

Alan Sillitoe
Der Tod des William Posters
Roman. Bd. 1236

Georg Stefan Troller
Pariser Gespräche
Bd. 1238